オムツ党、走る！

伊波雅子

講談社

もしもある日　なにも無くなって
途方に暮れたとしても
夜空に散りばめられた記憶たちが
きっと笑いかけてくれるだろう
君が忘れても　ボクたちはここにいるよ
さあ　お家《うち》に帰ろう
夢で見たハイビスカス　風にゆれている
さあ　あの家《いえ》に帰ろう

舞台「オムツ党走る！」
ラスト・ソング「お家に帰ろう」から
作・演奏／マルチーズロック　もりと

装画　伊波二郎
装幀　門田耕侍

目次

老人ホーム「がじゅまる」

一本でさえ「鬱蒼《うっそう》」という言葉が値するほどに迫力のあるがじゅまるは、亜熱帯か熱帯でしか自生しない。がっしりとした幹は、当然地面に力強く根を張っているが、広がった枝からは細い気根《きこん》がゆらゆらと垂れ下がり、そのヒゲのような気根同士が無数に絡《から》み合う。そうして絡み合った気根は、徐々にその太さを増しながら長い年月を経て地面に到達すると、今度はそれが新しい幹になって地面に根を張る。そして古い方の幹は、新しい幹に太陽の光を譲ってその陰になり、やがて主幹の座を明け渡すのだ。

それを何十年、何百年と延々と繰り返すうちに、木の立つ位置が少しずつ移動していくことから、がじゅまるは「歩く木」とも言われている。

荒々しくも霊的なこの木への畏怖《いふ》の念からきているのだろう、昔からがじゅまるには、「キジムナー」と呼ばれる赤毛の小さな精霊が住むという言い伝えがある。

キジムナーはもちろん、心やさしく清らかな精霊などではない。自由にがじゅまるを降りて、夜の野原や巷《ちまた》をかけまわり、海で遊び、ときとして人間たちに思わぬいたずらをする。

(早くここから出なければ)

大城絹子《おおしろきぬこ》は歯嚙《はが》みしながら、暗く光る目で周囲を見渡し、その目は一瞬、隣のテーブルの山城《やましろ》トシに留まった。

若い介護士たちが結んでやったのだろう、派手な黄色のバンダナを首に巻き、ピンクのシャツ、緑のセーター、仕上げに真っ赤な口紅まで塗ってチンドン屋のようになった山城トシの姿が、絹子の心をいっそう暗くした。

陽気な服装とはうらはらな無表情な顔で、トシはぷるぷる指を震わせながら、食堂のテーブルの上の、新聞紙に盛られたモヤシのヒゲを取っている。

(ああなったら、人間オシマイだ)と、絹子はつぶやいた。

(すっかり若い者たちのオモチャになって、自分がどんな格好をさせられているのかも、まるでわかっていないに違いない。わたしだったら、ああなる前にぜったいに死んでやる)

(ああ、だけど)絹子は苛立《いらだ》つ。

(いったい、わたしは幾つまで生きなければならないのだ。というより、そもそもわたしは幾つになった?「大正十四年六月三日」という生年月日は覚えているが、こう毎日毎日同じような日が続くと、今がいつなのか、自分が幾つになったのかがわからなくなる。八十五か、九十か。そんなところだろう。

ああ、そんな年まで生きるなんて、ほんとうに考えてもみなかった。

それをいうなら、自分が年寄りになるなんてことも考えていなかった。

もちろん、他《ほか》の人が病気になったり、年寄りになるのは、これまでさんざん見てきたけど、それはどこか身体《からだ》に悪いところがあるからで、自分で毎日キチンと気をつけていれば大丈夫だって思っていた。年を取るのと年寄りになるのは別のことだと思っていたんだ。

それがいつからか、わたしも年寄りということになっていた。

それからは苦々しいことばっかりだ。鍋を焦がしただの、冷蔵庫の中身が腐っているだのと、お節介な姪《めい》たちが人の家の押入れまで開けて、アラ探しをしていく。

「とても一人にはしておけない」といつのまに家族みたいな口をきき始める。

わたしが一人でいることが、急に身内の大問題のようになってしまったようだ。

そして、みんなが何かコソコソ相談しているかと思ったら、アッというまに長い間住み慣れたマンションからわたしを引きずり出して、こんなところに押し込んだんだ。

ただ親戚というだけのことで、アレたちにそんなことをする権利があるのか。わたしは、アレたちに、「面倒をみてくれ」と頼んだ覚えはない。「放っておいてくれ」と頼んだだけじゃないか。「心配で放っておけない」だって？　じゃあ、わたしは、みんなを安心させるために自分の人生を捨てなきゃならないのか？

だけどもっと悪いのは、そうやってみんなに年寄り扱いされているうちに、自分でも自分が何もできない年寄りになったような気がして、ほんとうならちゃんとできるいろいろなことに急に自信がなくなってきたことだ。

特に、市役所の人やら何やらに囲まれて、よってたかってアレコレ聞かれたら、ほんとうはちゃんとわかっていることも、どんどんあやふやになって、自分でも自分の頭がおかしいような気がしてくる。みんながわたしを放っておいてくれたら、自分の部屋に戻れさえしたら、わたしはわたしのペースで、ちゃんと生活できるようになるのに。

連中が言うように何か失敗してひどい目にあったとしても、自分で選んだことなんだから、決して誰かのせいになんかしない。

鍋をひっくり返して火事になって焼け死んでも、夜中倒れて立ち上がれないまま飢え死にしても、食べるものがなくて栄養失調になっても、それはそれでわたしの人生なんだ。親戚なんかにアレコレ指図される謂《いわ》れはない。わたしの人生はわたしが決める。住むところも、このわたしが自分で決めるんだ！）

いつもならふつうに眺めている食堂の風景も、心がどんどん高揚していく今は、そのいちいちが苛立たしいものに見えてくる。

壁に貼られた模造紙には「今月のお誕生日の人」と花文字で大書され、それを囲んで色とりどりのクレヨンで何人かの顔が描かれているが、それは似顔絵というよりマンガだった。

(幼稚園児じゃあるまいし馬鹿《ばか》にするな)と心の中でちゃんと言葉にして呟《つぶや》くと、血の気が引くような怒りで、涙がにじみそうになった。

(ああ、長生きなんかするんじゃなかった。こんなに惨めで意のままにならない人生なら、今すぐにでも死にたいくらいだ。主人も弟も妹も、みんな死んだのに、どうしてわたしは死ねないのだろう。

やっぱり身体が丈夫だからだろうか。身体なんか丈夫でも、ちっとも嬉《うれ》しくないのに。ああ、どうしてわたしはこんなに丈夫に生まれたんだろう。ご飯もおいしいし痛いところもない。このままだと百歳まで生きてしまうかもしれない。仮に今が九十歳として、こんな暮しをあと十年もするなんて考えただけで気が狂いそうだ。気が狂うか、ボケるかする前にちゃんと自分で死なないと大変なことになる)

(だけど)絹子はピクリと顔を上げた。

(その前に死ぬといっても、それはいつだ？　自分がどんどんボケていくのが自分でちゃんとわかるんだろうか。気がついたらボケていた、いやいや、それはヘンだ、気がつくというのは正気のことだから。えっと、つまり、つまり自分でわからないうちに自分がボケてしまうとしたら、その前に自分で死ぬこともできないではないか)

「やがましいね」

低いしわがれ声に絹子は飛び上がるほど驚いた。

「そのときはそのときさ」

いつのまにか、石川カメが隣でモヤシのヒゲを取っていた。

「え?」絹子はマジマジとカメの顔を見た。

「あなた、わたしの心が読めるの?」

「まさか」とカメも絹子を見た。

「耳が聞こえるだけさあ。それよりアンタ、あんまりボケ、ボケ言ってたら、ほんとうにボケるよ」

八十三歳まで市場で働いていたというカメは、左手でモヤシをつまむと同時にすばやく右手でヒョロヒョロとのびたヒゲをこれも素早くちぎり捨て、熟練の手つきで、すでにザルをいっぱいにしている。絹子は探るようにその横顔をみつめたが、荒削りでシワの深く刻まれた顔からは何の表情も窺《うかが》えない。

戸惑う絹子を残し、カメはモヤシで一杯のザルを抱えてヨタヨタと介護士の知念亮《ちねんりょう》のところへ歩いていく。

「さーすがカメさん、きょうもチャンピオンだねえ」というおおげさな知念の声のあとに、「ヘン」というカメの声が聞こえた。

昨日のモヤシのヒゲ取りも、絹子はカメに大差で負けていた。

(あ)

見ればトシですら、すでにザルの半分に迫っている。

(あんな人にまで負けてしまう。急がなくっちゃ急がなくっちゃ)

我にかえってほぼカラの自分のザルに気づいた絹子は、あわてて新聞紙の上に積まれたモヤシに手を伸ばした。


近年、一言で老人ホームと言っても、その種類はさまざまである。費用の面だけ見ても、入所の一時金だけで何千万もするようなホテル並みの「有料老人ホーム」から、社会福祉法人や地方自治体が運営して利用者の負担額が少ない「特別養護老人ホーム」までと、その幅は広い。

しかし、希望者の多い「特別養護老人ホーム」は、その長い申し込みリストの最後に名前を書き入れても、実際に入所できるのは三年から五年、地域によっては十年先というところもあるらしい。またそうした施設は役所もなかなか新しいものを作りたがらないので、たいてい築年数が古く老人たちの部屋も大部屋になっているのがほとんどだ。

もっとも、まだ介護を必要としない元気な老人に向けては、月額利用料十万円台くらいから、食事とバス・トイレ付きの個室を提供し、日常生活をサポートしてくれる「ケアハウス」のような民間の老人施設もある。そこには多彩なクラブ活動や娯楽の場が用意され、施設によっては無料の送迎バスも出してくれるから、老人たちは家にいたときと同じように、自由に町に出て買い物や外食を楽しむことができる。しかしそこも、食事や風呂、トイレ、お金の管理が自分でできるという「自立」が原則なので、入所者の老化が進んで介護認定を受けるようになると、すみやかに退所しなければならない。

そこで、「要介護1」以上であればそう待たずに入所できて、費用も実費別で月十五万円前後に抑えられ、介護サービスも適用される民間の「介護付き有料老人ホーム」が稼働することになるのである。そうした施設は、ある程度のプライバシーが確保できるように、個室も備えられている。

しかし、一世帯あたりの収入が全国平均に比べて極端に低く、アメリカの統治下にあったために年金制度も大きく遅れたここ沖縄では、月に十五万円という金額を捻出できる世帯はそう多くはない。年金で足りない分は貯金を切り崩したり、家族が補ったりしながらも「介護付き有料老人ホーム」で過ごす老人たちは、まだ恵まれたほうかもしれない。

大城絹子が三年前に入所してきた老人ホーム「がじゅまる」も、そうした介護付き有料老人ホームの一つである。

七年前に建てられたまだ新しいその施設は、那覇《なは》市の中心地から車で十五分ほど走った場所にあり、そこには四十名の老人たちが暮らしている。

敷地は隣接した駐車場を入れてもそう広くはないし、建物もその手の施設にはありがちなこれといって特徴のないものだが、目の前の公園にのびのび広がる緑が借景となって、開放的でのどかな印象を与える。

とりわけ、公園の入り口近くにある三本の古い大きながじゅまるの木は壮観である。

そのがじゅまるとホームの名称が同じなのは、偶然とは思えない。

沖縄でもっとも親しまれ、先の戦争でも戦火を逃れて生き残り、今も大地にしっかり根づくがじゅまるに思いを寄せて、経営者が施設をそう名づけたのかもしれない。あるいはそれはたんなる深読みで、たんにランドマークとして都合がよかっただけかもしれない。

建物内部は、五階建ての一階に、事務所や調理室の他、リハビリ室、レクリエーション室などの共用室がまとめられ、残りの階のそれぞれに、個室と食堂、風呂やトイレなど入所者の居住空間がある。

つまり基本的には、二階から五階までの各階それぞれに十人の老人たちが寝起きし、ホーム所定のプログラムによって、一階に降りてリハビリを受けたり、レクリエーションに参加したり、また希望者はレクリエーション室でおこなわれる書道や三線《さんしん》といったクラブ活動に参加するなどして日々を送っている。

とは言っても、老人たちは別の階へ一人で自由に移動することはできない。

「介護付き」老人ホームというのはあくまで要介護の認定を受けている人を対象としている施設なので、入所者は程度の差こそあれ心身に何らかの障害をもっている老人ばかりだ。食中毒や感染症はもちろんだが、転倒も高齢者施設にとっては大きな問題なので、別の階への移動には必ずスタッフか、もしくは家族が付き添うことが原則になっている。

リハビリ時の移動については担当する療法士が直接送迎をおこない、クラブ活動のときは、各階担当の介護士が自分の階の参加者を送迎する。

そして、各階合同のレクリエーションのときは、施設長や事務スタッフまで動員して総出に近い態勢で対応するが、それでも身体の不自由な四十人の老人たちの移動は手間がかかり、エレベーター前はいつも人で溢《あふ》れている。

ひな祭りの演芸会を終えた今も、車椅子や歩行器や杖《つえ》を使った入所者たちが、エレベーターホールの前に、ところ狭しと溜《た》まっていた。

今日はみんな演芸会で見たばかりの歌や踊りの興奮を身辺に漂わせて、心なしかいつもの混雑にもわずかに華やかさが加わっている。

絹子はその群れのなかにいてひとり、痩せた肩をいからせて周囲から自分の気配を殺そうとしていた。

手に持った鞄《かばん》のなかには、絹子の全所持金である千五百円と着替えのシャツとズボンが一枚ずつ押し込められている。

(これで十分なわけはないけど、荷物でパンパンになったボストンバッグを持ち歩くわけにはいかない。わたしはここから出たいだけで、それがかなうのなら、服なんか喜んで残った連中にくれてやる。どうせ家に帰ったら、もっといい服がいっぱいあるんだから)

エレベーターの扉が開くたび、絹子はわざと群れのなかを微妙に後ずさりして、中に誘導されない位置に動き、目の端でロビーの様子をうかがっている。

心臓がドキドキと脈打ち、またいつもの耳鳴りが始まる。ここが勝負というときに、決まって絹子の気もちを急き立《せた》てるかのように耳の奥がワーワー鳴るのだ。

そして耳鳴りが大きくなればなるほど、絹子の心の中は逆にシーンと静まり返り、スタートの空砲を待つ選手のように、高まる緊張に胸が苦しくなる。

盗み見たロビーにスタッフの姿はなく、面会に来たらしい中年の夫婦が暇そうにソファに腰掛けてテレビをながめているだけだ。

（今だ！）

と、絹子は一瞬のうちに心を決めた。

スタッフはエレベーターに老人たちを乗り込ませている最中で、勝手に乗ってくる人を制したり、車椅子のブレーキを確認したりと忙しく、こちらに注意を向けてくる者はいない。

（今だ、今だ、今だ）

耳鳴りもワーワーと大歓声のように轟《とどろ》き、周囲に漏れないかと思うばかりになっている。

絹子がみなに背を向けて一気に駆け出してしまいたい気もちを抑えて、ゆっくりとロビーへ歩き出したとき、誰かが絹子の背中を軽くたたいた。

「絹子さん、待たせたね」

振り向くと、いつのまにか絹子の後ろに、ベテラン介護士の赤嶺和子《あかみねかずこ》が立っている。

（またしても、この人か）

絹子の身体中の力が抜けた。

赤嶺は絹子にとって鬼門のような存在だった。

入所以来三年、幾度となく執拗《しつよう》に繰り返される絹子の脱走計画を、そのたびに阻んできたのが赤嶺である。

いつも決行直前にどこからか赤嶺があらわれ、何ごともなかったかのような顔で絹子の手を取り、憤然とする絹子をみんなのいる元の列に戻してしまう。

（何の権限があって、この人は毎日毎日わたしを見張っているんだ。人間には行きたいところに行く自由があるはずだ。それとも年を取ったら、そういう自由まで奪われるのか）

射るような目つきで自分を睨《にら》みつける絹子にまったく頓着する様子もなく、「はいはい、ヨーンナー（ゆっくり）、ヨーンナーね」と、赤嶺は三台の車椅子と絹子を中に誘導して、エレベーターの扉を閉めた。


ホームのエレベーターは、徘徊《はいかい》防止のため、当初はあらかじめ決めた数字を打ち込まなければ作動しない工夫になっていたが、「ヨロシク」を当てた４６４９というあまりにも覚えやすい数字は、すぐに秘密でも暗号でもなくなった。

それでは、と以降も何度か数字を変えてみたものの、どれもすぐに老人たちに広まってしまう。

スタッフがいぶかしく思ってそれとなく見ていたら、何ということはない、数人の老人が、廊下をうろつくついでに、面会の家族がボタンを押す手元をそっと盗み見ていたという、拍子抜けするほど単純なものだった。

変更続きのこの暗号方式は、面会にくる家族を混乱させるだけだということで、すぐに廃止された。

次には、センサーを作動させる金属のピンを作り、それをスタッフは常時首から下げ、面会者には受付で貸し出すという方法をとったが、これは絹子が自分の裁縫箱から代用できるピンを探し出し、本職の鍵師のような集中力でじっと穴の奥と格闘した挙句に見事に作動させ、背後で様子を盗み見ていたスタッフを唸《うな》らせた。

そして今は、次の対抗策が浮かばぬまま、とりあえず絹子からピンを取り上げ、今度は階段に注目しはじめた絹子への対応策として、階段の手前にある開き戸の鍵を、これまでのスライド式の簡易なものから数字合わせ式に替えて、しばらく様子をみようということでひとまず落ち着いた。

今のところ絹子の動きは抑えられているが、その代わりにただでさえ忙しいスタッフが階段を上り下りするたびに、いちいち「キヌコ・スペシャル」と呼ばれるその鍵の数字を合わせるという手間を増やすはめになった。

　当初はホームと老人たちの知恵比べだったものが、いつの頃からか他の老人たちは、外の世界にも鍵にも興味を示さなくなり、今では絹子ひとりがアノ手コノ手の孤独な戦いを続けていた。

　ベテラン介護士の赤嶺は、エレベーターの中で、老人たちの顔を一人一人見回した。

絹子は脱走が失敗してあきらかに不機嫌だが、うまい具合にすぐに夕食だからそれで気がまぎれるだろう。具志堅《ぐしけん》ハルは最近少し顔色が悪いのが気になる。あとで看護師の金城《きんじょう》涼《りょう》子《こ》に報告しておこう。そうだ、さっき見かけた山城トシの車椅子のタイヤの空気が漏れていたっけ。勤務交代の前に空気ポンプを借りてこなければ、と赤嶺は幾つかのことをすばやく頭に打ち込んだ。

　この仕事について今年で二十年になる赤嶺は、ホームで起こるたいがいのことにもう慌てることはない。とっさのときでも、自分がどう動けばいいかは心得ている。厄介なのは、むしろ外の世界のほうではないだろうかと、赤嶺はたまに考えることがある。

そばにいるハルの小さな肩をさすってやると、ハルは穏やかな顔で振り向いた。やはり少し痩せているとと思ったが、辛抱強いハルは多少具合が悪くても、いつも目が合うと笑顔を返してくれる。

信仰の力というのもあながちばかにはできない、とハルを見て不信心の赤嶺は常々感心していた。一つしかないおやつの饅頭《まんじゅう》も、「ちょうだい」とせがまれたら迷わず差し出すのがハルだ。

痛いところがあっても弱音を吐かず、寂しくても泣き言を言わず、人が喜ぶと自分も喜び、人が争うと自分が困ったような顔をする。ハルがここへ来て四年くらいになるはずだが、赤嶺はハルが混乱したり癇癪《かんしゃく》をおこしたりしているところを一度も見たことがない。

わたしもハルのように信仰を持ったら、アレやコレやの悩みもみんな大したことでなくなり、すっきりと澄んだ心でいられるようになるのだろうかと、赤嶺は半分本気で羨ましくなる。

もっとも、赤嶺もハルの信仰について詳しく知っているわけではない。赤嶺だけではない。部屋の壁に貼られたキリストの絵や首にかけているロザリオ、そして食事前のお祈りらしい仕草から、みんなハルをクリスチャンだと思うだけで、おそらく宗派をわかっている者もいないだろう。

それにだいたい、こんなところで宗派なんて誰が気にするというのだ。老人たちが穏やかな気もちで日々を暮らせるのなら、何か大きな力を信じることで自分が楽になれるのなら、それが何であろうがかまわないではないか、と赤嶺は考えている。

ほんの数秒、自分の心を遊ばせていた赤嶺は、さてと、と気分を切り替えた。

「もうすぐお夕飯よ。さあ、みなさん、今日のごはんは何でしょう？」

「ソーキブニ（豚の肋骨《ろっこつ》）」と弾んだ声で誰かが応えた。

「ブー。千代さん、残念でした」

「どうせ、またヒジキじゃないの？」と違う声がつぶやいた。

「ブー。ナエさん、ヒントはひな祭り」

ただ一人、頑《かたく》なに身を強張《こわば》らせていた絹子は、すぐに「ちらし寿司《ずし》」だとピンときたが、ここで答えるのはいかにも癪《しゃく》だと思った。赤嶺への怒りは、まだ消えていない。

（この人の魂胆はわかっている。怒っているわたしをクイズで手なずけようとしているんだ。そうはいくもんか。ぜったいに答えてなんかやらないぞ）

しかし、絹子のような生真面目《きまじめ》な人間にとって、ここまで来て正解を確認できないのは、喉に引っかかった何かをそのまま放《ほ》ったらかしにしているみたいで、それはそれで気もちが悪いものだった。

（早く誰か答えてくれ）と待ったが、他のみんなは考えこんでいるらしい。

「豆腐ハンバーグ」ハルが自信ありげにゆったりと答えた。

（豆腐ハンバーグ？　いったいどこの国のひな祭りよ）絹子は舌打ちして、（ちらし寿司。ちらし寿司。ちらし寿司）と、また心のなかで何度もつぶやいた。

そのとき、「ライスカレー！」と新里千代《しんざとちよ》が嬉しそうに叫んだ。

（ちらし寿司だってば！）と思ったとたん、「ちらし寿司！」と、絹子は思わず声をあげていた。

狭いエレベーターの箱の中で、自分の声が裏返って素っ頓狂に響いたことに、絹子はうろたえた。

「惜しい！　正解はクファジューシー（炊き込みご飯）でした！」

絹子は唖然《あぜん》とした。

（ナンデ、ひな祭りにクファジューシー？）

そんなことはあり得ない。あるとしたら沖縄だけだ。そんなのどこでも聞いたことない。

ヤマトゥ式の教育を受けて、当時としてはめずらしく東京の女子大に進み、新婚時代の何年かを東京で暮らしていた絹子は、ひな祭りにはいつもちらし寿司をこさえていた。

もちろん、ヤマトゥ式がすべて正しいわけではないが、ひな祭りはヤマトゥの行事なのだから、やっぱりちらし寿司で正解なのだ、と絹子は再度強く確信した。

しかし、今さらそんなことを抗議する気にもなれなかった。今日はもう十分、間抜けなことをしたと思った絹子は、真っ赤な顔で口をつぐんだ。

「千代さん、クファジューシー好きよね」という赤嶺の声と、ククク と嬉しそうに笑う千代の声が背中に聞こえた。

(おかしい。やっぱりここはおかしい)

部屋に戻った絹子は、脱走用の荷物をそのままタンスに押し込み、大きく息をついて、傍らの椅子にどっと腰を下ろした。

先ほどまでの、怒りも悔しさも恥ずかしさも情けなさもどこかへ去り、今あるのは疲労感だけだった。こうして一度腰かけて身体を休めると、もう立ち上がる気力も残っていない。めずらしく、(自分も、もう年なのだ)と思った。

(年甲斐《としがい》もなく「演芸会」のあとの輪投げでがんばりすぎたかもしれない)

競争と聞くと、何はともあれ一番になろうと張り切るのが絹子の幼い頃からのサガで、「凄《すご》い!」と褒められると、さらにその声に応えねばと発奮してきたのが絹子の人生でもあった。

九十歳近くなった今でも、逃亡計画の「ここぞ」というときや、競争という言葉を聞くと、耳の奥でさっきのようにワーワーという雑音が鳴り始め、絹子を落ち着かない気分にさせる。そして絹子の中でそのワーワーはやがて歓声になり、その歓声が脳裏にひとつの映像を浮かび上がらせた。

どういうわけか、映像の中の絹子はいつも決まって走っていて、その絹子にみんなが歓声をあげている。それは幻影のように目に映るものではなく、脳内に広がる映像なだけに、より実感を伴って絹子を支配した。頭の中の絹子が走ると、実際の絹子の心臓の鼓動がドクドクと脈打ち、すっかり衰えているはずの足の筋肉がその流れに沿ってピーンと走り、一緒に走っている人のゼーゼーいう荒い息が首筋に感じられるほどなのだ。

そうなると、痩せて薄くなった絹子の背中にゼンマイでも付いていて、誰かがそれを力いっぱいに巻いたかのように、絹子の老いた肉体も心もキリリと引き締まり、眠っていた闘志が湧き上がる。

タオル取りゲームだろうが、パン食い競走だろうが、「たかが老人ホームの余興だ」などと適当にやり過ごすことなどできないのだ。

しかし、そうして粉骨砕身闘ったあとの絹子は、今のように急にクタクタになって、自室の椅子に倒れこむということになるのである。

でも、いったいアレは何なんだ？　何度も現れるあの光景。昔みた映画か何かか？　わたしの記憶か？　何なのだろう。まあ、そんなことはどうでもいい。どっちにしても過去のことだ。わたしには過去に関わっている暇はない。

絹子のそうした過度の負けず嫌いはときに滑稽でもあり、若い頃から周囲の失笑を買うこともあった。それでも友人や同僚たちから嫌われたり妬まれたりすることがなかったのは、それほどの勝気でありながら、絹子のなかに野心や策略といったものが皆無だったからだ。甘えん坊の弟や妹たちが母に付きまとっているのを横目に、絹子は厳格な父親に厳しく育てられた。

絹子の父親は概《おおむ》ねにおいて旧弊な人間だったが、人権問題についてはリベラルな考えで、男尊女卑の根づく沖縄で、「女も強くなって自立しなければならない」と、幼い絹子に常々、諭していた。

絹子が近所の男の子を喧嘩《けんか》で負かしても、「よくやった」と目を細め、困っている妻の前で、「女が男と同じに社会に出るには男の倍の努力が必要だ」と絹子を励ましたりもした。

その父親も絹子が教師になるのを待たずに逝き、母親も、最初の見合いで一緒になった夫もそれぞれ還暦を前に逝き、弟や妹までみんな死んでしまった。子どもはもともといない。

欲しかったができなかった。友人に至っては、この三年、絹子自身が家を出て半分世捨て人のようになってしまっていたから、誰が残って誰が逝ってしまったかもわからない。もうみんな死んでしまったんだ、と絹子は半分ヤケになって勝手に決め込んでいる。

（ああ、親しい人はみんな死んでしまったのに、自分でもちっとも楽しくなんかないのに、どうしてこの先も生きていかなければならないのだろう。

テレビのスイッチを消すように、人生もつまらなくなったら好きに消すことができればいいのに。わたしだってもう十分、テレビを消してぐっすり眠ってもいいはずだ。

そうそう、テレビと言えばこの前、シワクチャのお婆《ばあ》さんがテレビで、百二十歳まで生きたい、なんて言っていたっけ。とても正気と思えない。これ以上の長生きなんて、わたしは一年だってまっぴらだ。

しかし不思議なのは、なんでみんな「幾つまで長生きしたい」という話になると、申し合わせたように百二十歳と言うのかだ。

昔は百歳というのが相場だったのに、平均寿命が延びたぶん長生きの基準まで延びたのだろうか。しかしそれにしても、百十歳までとか、百三十歳までとか言うのはあまり聞かない。わたしの知る限り、みんな百二十歳だ。百二十という数字に何か特別な意味でもあるのだろうか。

ふーむ、この年になってもわからないことがまだまだある。人生、死ぬまで勉強とはよく言ったもんだ。ほんとうに昔の人は賢い。いつも感心させられる。

ああ、もうそんなこともどうでもいい。何を考えていたのか、わからなくなるじゃないか。わたしはとにかく早く死んでしまいたいのだ！）

今日だけでも何度目かの思いに煩悶《はんもん》しかけて、ふと時計を見ると時刻は五時十五分になっていた。

（は！）と絹子は思わず声をあげ、（危ないところだった）とつぶやいた。

夕食は五時半で、食堂では今頃、食事のワゴン車が来て配膳が始まっている。

絹子はあわてて立ち上がり、テキパキと身づくろいをして杖を手にした。

ちょっと前の愁嘆を忘れたわけではもちろんないが、「それはそれ、これはこれ」と切り替えていかないと、ここでは暮らしていけない。

どんなに意に添わない場所でも、どんなに気が塞がるような一日でも、三度の食事の喜びはある。他のすべてが最悪だとしても、残された喜びが色あせるわけではない。

（そうだ、そうだ、夕食の時間だ）

覚えていないけれど今とても楽しい夢をみたと思って目覚めた朝のような、やわらかな幸福感が絹子を包んだ。

「はい、そろそろ申し送りを始めますよ」

「がじゅまる」には、一階の総合事務所の他に、各階の食堂の一角に、階ごとの詰め所のようなスペースがある。壁際に書類棚とオヤツ用の食器棚、冷蔵庫が並び、真ん中に作業台、食堂との境に事務机があるだけの畳にして四畳ほどのスペースは、作業をしながら廊下と食堂全体の様子が見渡せるように仕切りはない。

事務机で連絡帳に目を通していた赤嶺は、目を上げて食堂をザッと眺め、みんなの仕事の切りがいいところを見計らってスタッフに声をかけた。

三階の責任者である赤嶺は、老人たちだけでなく、同僚の健康状態にもいつもしっかりと目を配っている。

こうした施設は、ただでさえ慢性の人手不足だ。今も、パートの補助要員を勘定に入れながらようやくシフトを回しているのに、一人でも倒れると現場はすぐに立ちいかなくなる。どうにもならないときには他の階からスタッフを借りて来ることになるが、事情はどの階も同じなのだから、できれば自分の階だけでやりくりしたい。

だから、いざとなって慌てることのないよう、日頃からみんなの状態をチェックしておくのも、シフトを管理する上での重要な仕事の一つなのである。

やがて四十歳になるというのに万年青年の知念は、トシの車椅子を修理しながら、いつも通り大口を開けて老人たちと無邪気に笑っているから、まずこれは良し。だが、若い久貝和《くがいかず》哉《や》の様子は気になる。心もち顔が青ざめているのは夜勤明けでしかたないとしても、もうひと月近くも腰痛用のサポーターを腰に巻き、歩き方もどこかギクシャクしているのだ。

「久貝さん、腰、大丈夫ねえ」と赤嶺が声をかけると、「はあ」と久貝はサポーターの腰の辺りを見せるようにして、「もうチョイっス」とだけ答えたが、やはりつらそうだ。

久貝のように腰が細く足の長い今風の体型は、どうしても負担が腰に来ることが多い。やはり知念のように、ガッチリした体軀《たいく》に短い足という方が丈夫にできているのだろうかと赤嶺が見ていると、目の合った知念がニコリと笑う。

その笑みに調子を合わせて自分もうなずいてみせてから、赤嶺は顎に手を当てた。

「うーん……そうだねえ。夜勤のときはしかたないけど、二人体制のときはとうぶんわたしと知念さんで、なるべく移動介助はカバーするとしようか。それでも良くならんかったら、夜勤のシフトを考えよう」

知念は修理中の車椅子から目を上げて、「おー、マカチョーケー（任せておけ）」と機嫌よく久貝に親指を立ててみせ、久貝は気まずそうにペコリと頭を下げた。

赤嶺は三年前にヤンチャそうな顔つきをした久貝が入ってきた日のことを、今でもよく覚えている。髪を黄色に染め、顎をグイと突き上げて、廊下をガニ股でチンタラチンタラと歩く久貝の姿に、みんなはどうせ長続きするまいと思っていたが、気がつけばあれからまる三年が経《た》っている。

はじめの頃は、指示を出さなければその場に突っ立ったままだったり、夜勤のときイヤホンで音楽を聞いていてナースコールに気づかなかったり、バイクの自損事故でシフトに穴をあけたり、説教するほうが情けなくなるようなことを繰り返していたが、今は誰の指示を待たずとも自分で判断して動けるようになっている。

そんな久貝の成長を見ていると、赤嶺は仕事というのは人を変えるものなのだとつくづく思う。

みんなをギョッとさせた黄色い髪は、老人たちに、「おーい、そこのアメリカー、ヘルプ・ミー」と呼ばれはじめてから、いつのまにか染めるのをやめてしまったから、今は黒髪を女の子のように頭の後ろに束ねていた。

「ハイ、ハイ、集合!」と赤嶺が再び手をたたいた。

「がじゅまる」では、朝の九時と夕方の五時に、「申し送り」と呼ばれる業務連絡があり、勤務明けのスタッフが自分の担当した時間内に起こった問題や注意事項を、次の担当者に報告する。会議というほどのことはなく、みんな立ったまま手短かに報告をするだけだが、そのときにはふだん一階で常駐している看護師の金城涼子も、時間をずらして各階をまわって参加する。

この朝はまず、ここのところ日勤が続いている赤嶺が口火を切った。

「えっと、昨日はまた大城絹子さんがエスケープを試みましたが、この前と同じようにロビー前で保護しました。夕食まで不機嫌だったのですが、夕食後にエプロンたたみ競争をして機嫌を直したようです。絹子さんの場合、何でもいいからやることを与えて、これは競争よって言うといいみたいね。なんか脳が切り替わって、そっちのほうに集中するみたいです」

「競争好きなんですよね、絹子さん」社交家の知念は情報通でもある。

「知ってました？　ぼく、姪の知子《ともこ》さんに聞いたんだけど、絹子さん、戦前は女子陸上で幻の日本新記録出した伝説のランナーだったたって。それで、シルク・ド・リリーとかって、呼ばれてたみたいっスよ」

「はあ？　なんスか、ソレ」と久貝が聞き返す。

「シルク・ド・リリー、シルクは絹子さんの絹のシルク、リリーってのは、絹子さんの通っていた女学校、ほら、ひめゆり部隊で有名な戦前の女学校、そこの校章の百合《ゆり》の花のことみたいっスよ。絹子さん、学生ランナーとしては有名だったみたい」

「ふうん……」いつもクールな金城涼子が、したり顔でうなずく。「なるほど。どうもタダモノじゃないとは思っていたけど」

「でもなんで幻？」と久貝が聞く。

「それが……」と知念はふふふと含み笑いをし、気を持たせるようにグルリとみんなを見渡してから言った。

「記録係がドゥマンギテ（腰抜かして）、ストップウオッチ押すの遅れたって」

「ウッソー！　そんなってもあるばー！」と久貝がのけぞり、のけぞった拍子に思わず「アガガ」と顔を歪《ゆが》め、腰に手をやる。

知念がそんな久貝に素早くプロレスの技をかける真似《まね》をして、久貝は「やめて！　やめて！」と怒った。

そんな二人を、金城があきれ顔で見ている。

「伝説のランナーか……」と赤嶺は、昨日の夕方、ロビーの前でじっと玄関をうかがっていた絹子の真剣な目を思い出していた。

（言われてみれば確かに）と赤嶺はひとり納得した。絹子は上背もあるし、手足も長い。ホームのレクリエーションでも、同世代の老人たちに比べたら運動能力もかなり高い方だろう。そして何よりあの負けん気だ。若い絹子が鉢巻を巻いて歯を食いしばり懸命に走る姿を、赤嶺は容易に想像することができた。

（しかしそれにしても）と赤嶺は複雑な気もする。「シルク・ド・リリー」とか呼ばれた若い頃には記録への挑戦に向けられていただろう絹子の情熱が、今はひたすら老人ホームからの脱走に向けられているのかと思うと、あまりに一途《いちず》すぎて、それが立派なのか、皮肉なのか、よくわからないのだ。

「ま、陸上の新記録っていうのはよくワカランけど、がじゅまるでのエスケープ新記録だけは確かよ。この頃は本人が事前に自分からしゃべってくれるから未遂に終わっているけどね。でも見守りはくれぐれも怠らないで。あの一階のロビーから外に出るのは無理でも、出ようとして転倒する危険はあるからね」と赤嶺は、元の仕事の口調に戻った。

「自分からしゃべるって言えば」と知念の目がふっとまじめになった。「絹子さんの独り言、最近また激しくなってますよね」

「ああ、あれは本人からしたら心の中で思っているだけで、声になってるってことは自分で気づいていないみたいだから、どうかねえ、チカンフーナー（聞こえないふり）していいんじゃないの」と、金城を見る。

ベテランの赤嶺も、医学的なことに抵触しそうなときは、若い看護師の金城にお伺いを立てる。また、そのために金城はいるのだ。

「確かに認知症から来る独語というのもあるけど」と、金城は首を傾《かし》げて慎重に言葉を選ぶ。

「絹子さんの場合は、別に幻覚とか幻聴があるワケじゃなさそうだし、ただ思っていることを口にしているだけみたいだから、わたしも特に問題はないと思います。強いて言えば、老人性鬱に近いですかね。要は寂しいってことじゃないでしょうか。独り言を指摘するより、むしろ、ときどき話し相手になってあげたほうがいいかも。ほんとうは友だち作って、誰かとおしゃべりでもするようになったらいいんだろうけど」

「そうよねえ。人間、あんまり言いたいことも言わんでいると不満が溜まってくるからねえ。絹子さんも無意識のうちに、あんなして不満を発散してバランスとっているんじゃないかな……。そう、だからぜったい注意したりからかったりしないでね。あの人はプライドが人一倍高いから、注意なんかしたらもう口をきかなくなってそのうちどこかで爆発するかもしれないよ」

「ナーンカ、年取るって怖いなあ」

久貝がつぶやく。

「ナニ言ってる。アンタもいつか年取るんだよ」

久貝はヘヘンと首をすくめる。若い久貝は、毎日毎日老人たちと過ごしていても、自分が老人になるとは思っていないのだと、五十代になった赤嶺は少し微笑《ほほえ》ましくも思う。

「あ、それと金城さん、具志堅ハルさんなんだけど、この頃ずいぶん体重が減っているみたいなのよ。食も細くなってるしね。一度、病院で診てもらったほうがいいんじゃないかねえ」

「そうですねえ……」と金城がカレンダーに目をやる。

「わかりました。ご家族に話して検査の日程、入れておきましょう」

「じゃ、次、久貝さん、昨日の夜はどうでしたか？」

「えっと、真玉橋文子《まだんばしふみこ》さんの不眠がひどかったっス。ずっとナースコール押しっぱなしで……あれじゃ、ほとんど寝てないはずです」

「そっか、じゃあ、昼間、寝かせんようにしないとねえ」

そうして申し送りは続いた。

春

「常夏の島」とツアーのパンフレットに謳《うた》われる沖縄にも、短いながら寒い冬はあるし、吹く風や街路樹に咲く花の種類、太陽の陽射《ひざ》しに気をつけていると、沖縄にも沖縄なりの季節の移り変わりがあることがわかる。

たとえば、冷たい海風が緩み、厳しい夏に突入するまでの三月の半ばから四月の半ばくらいまでの「うりずん」の季節は、ヤマトゥ風に言えば、草木芽吹く春といったところで、沖縄では一番すごしやすい季節とされている。

うりずんの語源は「潤《うるお》い初《ぞ》め」からきているといわれていて、その意味の通り、やわらかな陽射しに緑が潤いをまし、常緑樹でさえふっくら鮮やかに見える。

その「うりずん」の季節を迎えて、がじゅまるの三階の食堂も今は大きなガラス戸を全開にして、部屋いっぱいに新鮮な外の風を入れていた。

ふだんは、室内からベランダへの段差が危険だということと、エアコンの温度を適温に設定していることから、職員が洗濯物を干したりする以外、いつもガラス戸はピシャリと閉じられたままなのだ。

つまり老人たちは、ただでさえ単調な生活を、ガラス戸の向こうの外の世界が暑かろうが寒かろうが、どしゃぶりであろうが晴れていようが、それを実際に肌で感じることはなく、春夏秋冬、いつも適温の中で過ごすことになる。

それで、多くの老人ホームでは、そうした生活にメリハリをつけ、老人たちに少しでも季節感を感じてもらうために、クリスマス、七夕などの会を開き、季節ごとにバス遠足などをおこなっているのである。

そして、昼食が終わった長い午後、石川カメと具志堅ハルが、ガラス戸を大きく開け放った食堂に椅子を並べて、外の公園のがじゅまるを眺めていた。

天気が良いのでベランダには色とりどりのタオルがはためいていて、そのタオル越しに、公園のがじゅまるが見えた。

がじゅまるを見ていたハルとカメは、ポカポカとした陽だまりのなか、あんまり長い間じっと座ったまま動かなかったので、後ろから見ていると眠っているように見えたが、そのうちハルがゆっくり話しだしたので、二人が起きていたことがわかる。

「青いのが三十枚、黄色いのが十二枚」

「……………」

「干してあるタオル……」とまたハルがつぶやく。「昨日は青が二十五枚、黄色が九枚だった」

カメはまだじっと一心にがじゅまるを見ている。

ハルは、気もち良さげにアクビをする。

「……アンタ……キジムナー、見たことある?」と、それまで黙っていたカメがふいに聞いてきた。

「キジムナー?」と、ハルはアクビ混じりに聞き返す。

「そういえば、この頃見ないねえ。戦前はよくいたけどねえ。今は見たって話も聞かないさ」

「……へへへ」カメが奇妙な声で笑う。

「どうしたの?」

カメは答えず、ほくそ笑んでいる。

「なんねえ、気もち悪いねえ」

ハルもつられて曖昧に微笑みながら促すと、カメはへへへとやはり笑ってから、「ウリ！」とふいにワンピースの袖をまくり上げ、ハルの目の前に腕を突き出した。

「アイ！」とハルが小さく叫んで、シゲシゲとその腕を見る。

カメの腕の柔らかい部分に、赤ん坊の指の跡の形をした赤い痣《あざ》があった。

「……いつ？」と、しばらくしてハルが声をひそめて聞いた。

「……昨日。ここでがじゅまる見ながら昼寝していたら、赤い小さな子どもが夢に出てきた」

カメも声を低くして答えたが、目が妖しく輝いている。

その昔、夜中にふいに赤ん坊が火がついたように泣き出し、身体に小さな赤い手の跡があったら、それはがじゅまるの精霊、キジムナーのしわざだと言われていた。

カメとハルは腕の赤い痣をじっと見ていたが、一瞬、甲高《かんだか》い笑い声を聞いた気がして、同時に外のがじゅまるに目をやった。


それから数時間後、城間《しろま》スエの部屋では、赤嶺と久貝、スエの息子の正男《まさお》の三人が、さっきからスエを宥《なだ》めたりすかしたりしていた。

スエは三人の言葉に耳も貸さず、車椅子にどっかりと座り、ずっと顔を厳しく強ばらせたままだ。

「スエさん、ごめんね。久貝くんも悪かったって謝っているから、許してあげてちょうだい」

次いで、久貝もめずらしくオロオロと謝る。

「スエさん、疑ってごめんね。お願いだからご飯食べに行こう」

正男の甘い声も加わる。

「かあちゃん、お腹《なか》すいてるんでしょ。ダー、早く食べに行かんとかあちゃんの分がなくなるよ、いいのねえ?」

「…………」

「そうか。かあちゃんが食べないんだったらしかたない。今日の夕飯は豆腐ステーキみたいだけど、もう僕が代わりに食べてこようね。いいの?」


六十代と思われる息子の城間正男は、ひと目でスエの息子とわかるいかつい顔をしているが、スエの前ではいつも目尻をさげ、こっちのほうが母親のような穏やかな表情をしている。スエが入所してから二年間、正男は決まって毎週水曜日の午後三時に、お菓子の入った袋を下げて母親に会いにやってきて、夕食の配膳が始まる五時頃に帰っていった。服装も二年間変わらず、「城間工務店」と自社のネームの入った小ざっぱりした作業着姿だ。

正男はいかにも律儀な職人らしく、ロビーに入る前に玄関でパンパンと作業着をはたき、一階の事務所の前で大きな身体をかがめて頭を下げてから入ってくる。三時はオヤツの時間だから、他の日ならスエも食堂で他の老人たちとオヤツを食べているのだが、水曜日だけはそのオヤツをお盆にのせてもらって、正男と一緒に自分の部屋で食べた。

ふだんは無表情なスエの目が、息子を見るとパッと明るく輝く。二人はただ黙って過ごしていることもあれば、正男が何か親戚の近況報告らしいことを話し、スエが小さくそれに答えていることもあったし、正男が車椅子を押して、そう広くもない施設の中を親子で散歩していることもあった。

そして、ときどき、正男は作業着の胸ポケットからハモニカを取り出して、その小さなハモニカを大きな手で包み込み、顔を前後左右に揺するようにして、意外な器用さで次々に唱歌や昔の歌謡曲を吹いた。

そんなときは、息子のハモニカに合わせて、スエも唸るように歌った。

また、ときどきやって来る正男の息子というのも、やはり「城間工務店」の作業着を着ていて、これもまた父親と同じように、玄関で作業着をはたいてペコリと頭を下げてから入ってくる。

顔立ちから体つきまでそっくり同じ骨格を持ったその三人が並んでいると、そのまま一家の歴史を見るようで、人は「ああ、血のつながりというのはほんとうにあるのだなあ」という感慨を深める。

「コレが頑張ってくれてるから、僕はこうして現場を抜けてかあちゃんに会いに来れるのヨ」と、正男はたまに自慢するように、大きい自分よりさらに大きい息子を見上げて目を細めた。そしてスエはスエで、またそんな息子を嬉しそうに見上げるのである。

ふだんのスエは、そんな孝行息子がやってくる水曜日をいつも心待ちにしているのに、今は口をへの字に曲げて、その息子の言葉にも耳を貸さない。

「ワンネー、ナー、ヌーンカマン（わたしはもう、何も食べん）」とスエはまわらない舌で言った。顔の表情が乏しいのも、舌がもつれるのも、前に二度も脳梗塞をしたときの後遺症だ。

赤嶺と久貝と正男の三人は、顔を見合わせてため息をついた。

「しかたないねえ……赤嶺さん、食事はここまで運んでもらっていいですか。今日は僕が食べさせますよ」

赤嶺や久貝は食事どきには配膳や車椅子の移動で忙しいから、そうそう一人の老人にかまっていられない。それを正男も知っているのだ。

「すみません。お願いしますね」赤嶺は正男に礼を言ってから、「スエさん、今、お膳もってくるからね。正男さんとお部屋でゆっくり食べてね」と言って、スエの肩にそっと触れて出て行った。久貝もションボリとした顔で正男にモゴモゴ言って、頭を下げて後を追う。

動きはノロノロと遅くても、食事時間をちゃんと逆算して、いつも食堂には一番乗りしてやって来るスエが食事を拒んでいるのには理由があった。

今日の午後、スエは久貝の勘違いで、身に覚えのない「お菓子泥棒」の嫌疑をかけられたのである。


どこの老人ホームでも食事や三時のオヤツは老人たちの楽しみだが、家族や知人が差し入れてくる「お菓子」はそれともまた違う、自分だけに与えられた特別な楽しみなのである。老人たちはたいがいそれを自分の部屋に置き、惜しむように大事に食べた。

二時間ばかり前のことだ。

昼食のあと、スエの向かいの部屋の新里千代が一階でリハビリを受けている間に、千代の部屋からもらったばかりのまだ開けてもいないお菓子が箱ごと消えるという、ちょっとした事件があったのだ。

あとでゆっくり食べようと楽しみにしていた千代は、リハビリから戻ってすぐにお菓子がないのに気づいて騒ぎだし、千代を送ってきた作業療法士の上里悟《うえざとさとる》も「迎えに来たときには、テーブルの上に確かにあった」と証言した。

知念が留守で、一人でバタバタ動き回っていた久貝は、上里に呼ばれて「そういえば」と、少し前に車椅子のスエが、千代の部屋の前をウロウロしていたことを思い出した。

一般的に、「介護付き」の老人ホームの場合、個室はあっても鍵はなく、入所者に完全なプライバシーなどというものはない。スタッフは始終入所者の個室を出入りしているし、常時見守りが必要な老人などは、食堂のそばの人通りの多い部屋をあてがわれ、いつでも目が届くよう扉を開けっ放しにされたりもする。

しかし当然、入所者が他の入所者の部屋に無断で入ることは禁止されているから、そんなときスタッフは、すぐにその闖入者《ちんにゅうしゃ》を室内から外に誘導する。

だからさっきも久貝は、千代の部屋の引き戸をそっと開いて中を覗《のぞ》きこんでいるスエに、「どうしたの？　そこはスエさんの部屋じゃないでしょ」と声をかけて、そのまま車椅子を押して食堂に移動させたのだ。

久貝が千代をなだめながら事情を聞こうと、スエの姿を探していると、当のスエが食堂の方からやってきた。めずらしく明るい表情で、何やらこちらに向かって急いでいるようでもある。見ると、スエの膝の上にはお菓子の箱があった。

お菓子はすでに箱が開けられて、中身も半分くらいしか残っていない。

久貝はとっさに、それが千代の部屋から消えたお菓子だと思い込んでしまった。

「あーあ。スエさんってば。もう食べてる」と久貝はやれやれと首を振った。

「千代さん、なくなったお菓子ってコレ?」

千代に確認するためにスエからお菓子を取りあげようとすると、驚いたスエは何やら声を上げて久貝から必死に箱を守ろうとするし、千代は千代で中身が半分になった箱を見て、

「お菓子。お菓子。わたしのお菓子!」と泣きだす。

「もう。スエさん、どうするの! 千代さん、泣いてるよ!」と久貝はスエを叱るが、スエは悪びれるどころか、強い反抗的な目でにらみつけてくる。

そして、一方の千代も、目に涙をいっぱいためて、子どものようにしゃくり上げながら、これも恨めしそうにスエをじっと見ていた。

「スエさん、千代さんの取っちゃダメでしょう。ほら、ちゃんとゴメンして。半分になってしまいましたが、取りあえずお返ししますって、ほら」

そのときである。スエが顔をひきつらせ、頰の筋肉をプルプル震えさせはじめた。

「……コレハ、ワタシノオカシヨ」とスエは腹の底から押し出すように、一語一語ゆっくり

言った。

「ワタシガモラッタ、ワタシノオカシ」

「もらったって。黙ってもらったんでしょう？　ちゃんと千代さんに頂戴って言ったの？」

「ワンネー、ヌスドーアラン！（わたしは泥棒じゃない）……ワンネーヌスドーアラン！」

ふだんのスエはほとんど口もきかず、鈍い目をときおりギョロリと動かすだけなのに、今はその目が不穏に輝き、ハアハアと吐く息も荒い。

「ワンネーヌスドーアランドー！」

スエは徐々に興奮して顔を真っ赤にし、いきなり全身で車椅子をガタガタ揺らしはじめた。まるで口から泡でも吹きそうな勢いである。

「どうしたの、落ち着いてスエさん。そんなに騒いだら血圧上がるよ」と久貝は落ち着かせようとするが、スエの興奮は収まらない。

さっきまで泣いていた千代も、今はビックリした顔でスエを見ていた。

その騒ぎを聞きつけて廊下の端からやってきた照屋亀吉《てるやかめきち》が、よく通る大きな声で「争いはやめてくださーい！」と、抗議を始めた。「話せばわかることでーす！」と怒鳴り続ける亀吉の声が廊下に響いて、さらに騒ぎは大きくなった。

詰め所で薬の整理をしていた金城がナニゴトかとやってきて、久貝が状況を説明しているところに、トシの通院の送迎から帰ってきた知念がエレベーターから降りてきた。

トシの車椅子を傍らに止め、これもナニゴトかと騒ぎを見ていた知念が、話の途中でふいに「えー！」と素っ頓狂な声をあげた。

「ぼく、久貝さんに話そうと思って忘れてた！　今、言ってた千代さんのお菓子、ぼくが取ったの！」


知念の話によると、千代がリハビリに出たあと、仕分けた洗濯物を持って千代の部屋に入った知念が、テーブルの上の包みを発見した。萌黄《もえぎ》色の上品そうな和紙の風呂敷に包まれている小箱の中身がお菓子であることはすぐにわかった。念のために包みを指で広げて中を覗くと、箱には立派な毛筆で「もち肌チョコ乙女」と書いてある。

もちろん、知念がそんなふうに行儀の悪いことをしているのは、盗み食いするためなどではなく、職務上、中身を確認しただけのことである。

飴《あめ》や餅は老人たちが気管を詰まらせやすいのでホームのオヤツでは決して出さないが、そうとは知らない面会者が手土産に持ち込むことがしばしばある。

それをみつけたときのホームの対応は、入所者の機能レベルによって違う。

咀嚼《そしゃく》や嚥下《えんげ》に問題のない老人の場合はそのまま個人の自由に任せるが、気管に詰まらせる恐れのある人に関しては、食堂預かりにしてスタッフが量を加減して渡し、目の届く場所で食べてもらうか、場合によっては家族に返すこともある。

千代の場合は、咀嚼や嚥下の問題はないが、食いしん坊で加減を知らないから、量を食べ過ぎて喉に詰まらせる恐れがある。

少し前からそのことが気になっていた介護歴五年の知念は、「餅だったらヤバイ」と即座に判断したものの、「餅」と「もち肌」の違いが今ひとつ判断できず、「あとで金城さんに聞こう」と、取りあえず詰め所の棚に預かっておいた、ということであった。


「ほーら、これが千代さんのお菓子、もち肌チョコ乙女！」

知念は食堂の棚の包みを見せて、まずは千代を安心させる。

「じゃあ、スエさんが持ってたこのお菓子は？」と久貝はうろたえた。

「スエさんが持っていたんだったら、スエさんのお菓子じゃないの」

と金城がアッサリ言った。

久貝があわててスエの膝の菓子箱から一つ取ってみると、包みには「浅草名物ヒヨコの夢」と書かれている。

（だって、だって）と久貝は焦った。琉球舞踊《りゅうきゅうぶよう》の師匠をしていた千代は、かつての弟子たちの来客も多く、箱入りの高級菓子をしょっちゅう土産に貰《もら》っているようだが、一方のスエのいつものお菓子といえば、息子の正男が週に一度持ってくる、タンナファクルーや麩《ふ》菓子などの袋入りの駄菓子ばかりなのだ。

スエがあんなヤマトムンの箱入りのお菓子を手にしていることはめったにない。しかし、めったにないと、まったくないは違うのだ。

加えて、スエの持っていたあのお菓子はすでに包みが開けられて目印もなかったから、千代は自分のお菓子だと思ったに違いない。イヤイヤ、そうではない。自分が最初からスエが取ったと決めてかかったから、千代もそう思い込んだんだ。

久貝は「あー!」と額に手を当てた。

ちなみに、問題の「もち肌チョコ乙女」はやはり知念が推察した通り、お餅にチョコレートをコーティングしたものだった。

千代に断って一個の半分を試食した金城は、歯ですぐに噛み切れる餅なので特に問題はないだろうが、この頃の千代はお菓子ばかり食べて食事を残す傾向があるから、今後、千代の部屋のお菓子は全部、名前入りの缶に入れて食堂預かりにした方がよかろうという判断を下した。

千代は「えー」と大いに落胆したが、金城の説明にしぶしぶうなずいた。

金城はスエが落ち着くのを見計らって血圧を測った。幸い異常はなかったが、スエは久貝が何度謝ってももう口をきかず、いかめしい顔をさらに強ばらせて、自分の部屋に帰っていった。


夕食の終わる頃に赤嶺がスエの部屋を覗くと、テーブルを挟んでスエと正男が腰かけていた。スエは熱心に塗り絵をしていて、正男は大きな身体を屈《かが》めて窓の外を眺めながらハモニカを吹いている。

部屋はすっかりいつもと同じ穏やかな雰囲気に戻っていて、テーブルの上のお膳もカラになっていた。

「あれ？　スエさんが全部食べたんですか？」と聞くと「うん」と正男が答えた。

「いいねえ、スエさん、正男さんとご飯食べたんだねえ」と言うと、スエは塗り絵から顔をあげた。

「ごめんね、スエさん。久貝くんが勘違いしてイヤな思いさせてしまったけど、久貝くんもとっても反省してるから、許してあげてね」

赤嶺が車椅子に腰かけているスエの顔までしゃがみこんで話しかけた。

「ナーシムサ（もういいよ）、ダレニデモマチガイハアルヨ」という舌の少しもつれたスエの言葉に、赤嶺は思わず吹き出しそうになった。正男も目が笑っている。

きっとスエをなだめるために正男が言った言葉なのだろうが、認知症が入った老人は体調によって大きく意識レベルが違うことがあり、たまにいかにももっともなことを言って相手を驚かす。

手元の塗り絵を覗くと、スエが花びらのひとつひとつ、葉っぱの一枚一枚を線からはみださないように注意して塗っていることがわかる。それはスエの心が落ち着いているということを意味していた。

「じゃあ、お薬持ってこようね」と言って、赤嶺はお膳を持って部屋を出た。

少したってから、帰り支度をした正男が詰め所へ顔を出した。

正男もふだんより一時間以上、居残ったことになる。

赤嶺が改めて詫《わ》びると、「イヤイヤ」と正男は鷹揚《おうよう》に手をふった。

「久貝さんも何回も謝ってくれたし、かあちゃんも機嫌なおったから」と言ってから、正男はまだ何か話したいことがあるようなそぶりで立っている。

食事を終えた老人たちの大半が部屋に戻って、今は食堂も静かだ。

赤嶺が目の前の椅子を勧めるのを正男は首を振って断ったが、やはりその場に立ったままで、大きな身体をブラブラさせている。

赤嶺が目で問いかけると「かあちゃんが持ってたあのお菓子だけどね」と言って、正男はふっと笑った。

「あれは東京にいる僕の娘から送ってきたものだったんだけどさ、ばあちゃんにって。それでよ、さっき聞いたんだけど、かあちゃん、これまでに何度も千代さんにお菓子分けてもらってたって。それがかあちゃん、嬉しかったんじゃないの。でさ、自分も孫から箱詰めの上等のお菓子もらったから、今度は千代さんにお返ししようと思って、それで千代さんの部屋を覗いてたらしいよ」

「えっ」と赤嶺は小さく息を呑《の》んだ。

「そうだったんだ……そんな気もちでいたのに、人のを取ったみたいに言われたら、スエさんが怒るの無理ないよ。ひどいことしたねえ。ほんとうにすみませんでした」

「ううん、それはもういいよ。久貝さんも忙しいから勘違いもするさ。もうこの話は終わり……それよりさ、僕はかあちゃんにもそんな世間的な気もちが残ってたんだねえと思ったら、それがなんか嬉しくってね……千代さんが大事なお菓子をかあちゃんに分けてくれていたってのも知らなかったし」

「……ああ、わたしも今、正男さんから聞くまで知らなかったですよ。それでスエさんもそれにお返ししようって思ったんだ」

「うん、かあちゃんはかあちゃんなりにね、そう思ったみたいよ」と言ってから、正男は照れたように笑った。

「そうですか……明日、千代さんにその話、しますよ」

「ああ、そうして。うん」とうなずいて、正男は帰っていった。


正男が帰ったあとしばらくは静かだったが、十一時を過ぎた辺りからは、目の回るような忙しさだった。不眠でしょっちゅうナースコールを鳴らす真玉橋文子を思い切って車椅子に移して自分の机の側に置いてやり、立て続けに四人の老人のトイレ介助をして、戻ったら文子がウトウトしていたのでベッドに戻し、備品のチェックをしていたら時刻は三時をまわっていた。

もう二時間もしたら早起きの老人が起き出して、また忙しいいつもの朝になるはずだ。しかし今は、建物中がシーンと静まり返っている。

厚手のカーテンを閉めきっただけで食堂はぐんと落ち着く。廊下をほんのり明るい足元灯だけにして、事務机の作業灯以外の食堂の明かりを全部消すと、パソコンの青い光りが反射して食堂はまるで別世界のようだ。

「まるで海の底みたいだ」と、海の底などテレビでしか見たことのない赤嶺だが、深夜勤務のたびにそう思う。

深く海底に沈み込んでいくような静けさが辺りを覆い、時おり老人たちの咳《せき》や唸り声が闇の向こうのあちこちから低く聞こえる。それだけではない。昼間の慌ただしさの中では意識することもないジーという蛍光灯の音さえ、耳をすませば聞こえてくるような気がする。ひそひそとおしゃべりしているような静寂だ。

赤嶺は、家から持参したポットから自分専用のマグカップにスープを注いで、ふうふうと息をかけながら、ゆっくりと時間をかけて飲んだ。

そうしてポカンと空いた時間が、赤嶺の自分だけの時間だ。そんなとき、赤嶺はその日あったいろいろなことをボンヤリ反芻《はんすう》するのだが、この頃は父親の亡くなったときのことをよく思い出す。

それは明かりを落としてボンヤリした夜間の施設と病院の雰囲気が似ているからかもしれないし、すぐ近くで寝息を立てている老人たちの気配が、あの夜を連想させるのかもしれない。

八十六歳で亡くなった赤嶺の父親は、七十歳くらいから認知症が始まり、五年もすると徘徊がひどくなった。そうなると、同居していた兄家族の手には負えなくなったので、兄妹とその家族で相談して、兄の家の近くの施設に入ってもらうことにした。

施設に入ってからも父親の認知症は進み、最後にはもう家族の顔もわからなくなり、会話らしい会話をすることもなくなっていた。

そして今から三年前のことだ。赤嶺は、義姉から危篤の連絡をもらって、父親の搬送先の病院に駆けつけた。

その日から一週間ばかり、父親は意識があったりなかったりを繰り返し、赤嶺も仕事のシフトの合間をぬって病院に通った。

そんな日々が続いたある夜、父親は静かな寝息を立てていて、赤嶺と義姉はベッドの脇の椅子に腰かけて低い声で何か話していた。

そのときである。寝ているとばかり思っていた父親がふとこちらに向き、真顔で二人に、

「もう死んだ?」と聞いたのである。

赤嶺と義姉の聡子《さとこ》は、はじめワケがわからず、ポカンとした顔を互いに見合わせていたが、すぐに同時にハッとして、「とうちゃん、まだよ!」「生きてる、生きてるよ!」と口々に叫んでいた。

それを聞いた父親は「そうか」というような顔をしてうなずき、またそのまま眠ってしまったのである。

それから二、三日、父親はやはりウツラウツラしていたが、今度はそのまま息を引き取った。最後の顔は穏やかだった。

(あれは奇跡だったのではないか)

ときが経つにつれ、赤嶺はそう思うようになっている。

もうとっくに惚《ぼ》けていて、何もわからないだろうと周囲のみんなもそう思っていた父だったのだ。


その話を聞いた兄は「まさか」という顔をして、「テレビのコントみたいだな」と苦笑いしたが、赤嶺はそんなエピソードを残してくれた父に感謝している。

あの夜のことがなければ、赤嶺の中の父の記憶というのはきっと、認知症がひどくなってからの暗く孤独な顔ばかりだったのではないだろうか。

雨の夜、道に迷って近所をさまよい歩き、家族が呼ぶ声に振り返ったときの子どものように不安そうな顔、もどかしさに声を荒《あら》らげて杖を床に投げつけたときの歪んだ顔、そして晩年の天井ばかり見ていた虚《うつ》ろな顔。そうした、思い出してもこちらの胸が痛むような顔ばっかりだったのではないか。

またそうであっても無理はない。赤嶺の父親の場合、なんといっても発症してから亡くなるまでの期間が十六年と長かったから、赤嶺の記憶の中でも、父の穏やかな顔ははるかときの向こうに置き去りにされ、努力しないと思い出せないくらいになっていた。

父の人生だって若く輝いていた頃はあったはずなのに、また、たまに剽軽《ひょうきん》なことを言って家族を笑わせることだって実際あったのに、まるでずっと悲しい人生を送ってきた人みたいに、記憶の中の父は認知症がひどくなってから後の暗い顔ばかりになっていたのだ。

しかし、あの夜、ヒョイと目を開けた父の顔は、まだ元気な頃、昼寝からさめてキョトンとしたときなどに見せていた、あのなつかしい父の顔だった。

その顔を見られただけでも、赤嶺は嬉しい。


それから赤嶺は、時間に任せて別の角度から父のことを考察してみる。

(あの夜、父は何を思っていたのだろうか)

ここ数年で何度か繰り返されたこの問いには、赤嶺の職業的な興味も混じっている。

赤嶺は以前に熟練の看護師から「人間は最後まで耳だけは聞こえてるからねえ。ぜったいに病人の前では悪いことは言わんでよ」と諭されたことがあった。

もし、それがほんとうなら、父はベッドの周りの気配や人の言葉から、自分の死が近いことを悟っていたのではないだろうか。そして父は父なりに、やがて来る死を受け入れようとしていたのではないかと赤嶺は考える。

そうして、意識が戻ったり戻らなかったりしながら、夢とウツツを行き来しているうちに「ああ、ついに自分は死んだのか」と勘違いをしたのではないだろうか。

もちろん、実際にどうだったかはわからない。しかしそれでも、父が、自分たちが思っていた以上にいろいろなことを考えていたということだけは言えると思う。自分がどこの誰かという記憶をなくしても、家族の顔を忘れても、たとえ自分の人生の記憶の全てを失っていたとしても、自分が自分であるという意識は、そうそうなくなるものではないのではないか。人間は最後まで、自我が壊れることはないのではないか。

そして、父も「自分」というものをちゃんと自覚して、旅立っていったのではないだろうか。何もわからぬまま逝ったわけじゃない。

そう確信すると、赤嶺は安堵《あんど》した。

こうした個人的な体験は、信念とまでは言わなくとも赤嶺の仕事に何かしらの思いのようなものをもたらしている。赤嶺は、それを若い同僚たちとも共有したいと考えることもあるが、一方そうしたことは入浴介助の仕方とかとは違って、誰かに言葉で教えられるものではないという気もする。

たとえば、今日の久貝のこともそうだ。あれは、ただ最初に一言、「スエさん、そのお菓子どうしたの?」と聞けばよかっただけのことだった。

確かに、そういう対処は教えられる。しかし、自分が犯したミスを久貝がどう感じ取るべきかまでは教えることができない。ミスをした経験を、自分の中にどう落とし込んでいくかは、あくまでそれぞれの資質のようなものに依《よ》ってくるのだ。

その点から見て、今日の久貝のあわてぶりは、むしろ赤嶺を安心させた。

まずは自分のミスに心底あわてることが、生身の人間を扱うこの仕事の大事な条件ではないだろうか、と赤嶺は考えていた。


(それにしてもキツイ仕事だ) とベテランの赤嶺でさえ、そう思う。

「がじゅまる」の入所者の半数近くは要介護三以上で、その中にはベッドの上でオムツ交換をしなければならない人もいれば、起床から就寝まで、トイレや入浴、食事はもちろん、すべての行動に介助の必要な人もいる。浣腸《かんちょう》で三階のフロア中に便の臭いが漂うこともあれば、自分が糞尿《ふんにょう》を浴びることもある。

また、相手が運動機能が衰え、骨も脆《もろ》く、皮膚も薄くなっている老人たちだから、世話をする間もたえず気を使っていなければならない。

それが仕事といえば確かにそうなのだが、そのわりには、シフトも厳しければ給料も他《ほか》の職種に比べて格段に安い。社会的に必要とされている仕事と言われながら、そのぶん保障されているとはとうてい思えない労働環境なのだ。

もう子どもたちが独り立ちしている自分はまだ良いとしても、これから結婚して子どもを育てることになるだろう知念や久貝のことを考えると、なんとかならないものだろうかと赤嶺は思う。

共働きするにしても、子どもが生まれたら、妻はしばらく仕事を休まなければならないだろうし、久貝のように腰を痛めて、もしそれを悪化させてしまったら、一生深刻な腰痛に悩まされかねない。そんな重労働だから、いつまで続けていけるか将来も不安になる。

実際、「辞めます」と言われても、赤嶺自身、引き止める言葉を持たない。

若いスタッフに真顔で「話があります」と言われると、赤嶺はいつも心臓が飛び上がりそうになるくらいなのだ。

幸い今のところ、知念や久貝にそうした迷いは感じられないが、そうした個人の頑張りや民間の経営努力だけに頼っていて、果たしていつまでこのシステムが維持できるのだろうかと、赤嶺は疑問に思ってしまう。

渡慶次《とけし》ナエの部屋のアラームが点滅して、時計を見ると四時を回っていた。

夏

夏がやって来た。沖縄の夏の暑さは、ビタ一文まからない。強烈な陽射しはチリチリと肌を焦がすようだし、その陽射しに目を向けると目眩《めまい》すらしてくる。

真っ昼間に何にもない一本道を車で走ると、アスファルトの道路に逃げ水を見ることもできる。水は確かに見えているのに、近づくとスーッとはるか先に遠のいて、またゆらゆらと揺れながら手招きする。バスを待つ間も、電柱のわずかな影に身を寄せて待つ。夜になっても、温度も湿度も下がらず人々は閉口する。

しかし、夕暮れどき、たまに心地良い風が入ってきて、その風に乗ってどこからともなくサガリバナの甘い香りがただよってくると、さっきまでのウンザリする暑さをすべて帳消しにしてもかまわないような気になる。

「レディース　エンド　ジェントルメン！」と、久貝が両手を開いた。

「今日は待ちに待った七月、八月生まれの方たちのお誕生日会です！　ナエさん、トシさん、亀吉さん、お誕生日おめでとうございます。今日は特別に栄町《さかえまち》からミュージシャンのフェルナンデスさんをお呼びして、懐メロ大会を開きます！」

食堂の壁には大きく「お誕生日会　懐メロライブ大会」と書かれた紙が貼られている。

特別に白いクロスが敷かれたテーブルの上には、お茶とケーキが並べられ、天井からは何色もの色紙で作ったモールが飾られ、誕生日を迎える当人たちは、クリスマスのようなトンガリ帽子を被《かぶ》っている。

「それでは、お待ちかね、フェルナンデスさん！」

久貝に紹介されて中年の小太りの男が登場した。登場といっても、「タンタカターン！」と叫ぶ久貝の声に合わせて、廊下から食堂に入ってきただけのことである。

男はぶっきらぼうにペコリと頭をひとつ下げたあと、三線やらギターやら太鼓やらの楽器を次々に机の上に並べはじめた。

老人たちは何が始まるかと、ボンヤリした目で見ている。

フェルナンデスと呼ばれる男は、何かモソモソと挨拶をしたあとでいきなり「イエイ！」と叫び、にぎやかに三線を弾きだした。

オープニングは沖縄の老人施設定番の「安里屋《あさとや》ユンタ」である。

サー　君は野中のイバラの花か
暮れて帰れば　ヤレホニ引き止める
マタハーリヌ　チンダラ　カヌシャマヨ

老人の何人かは、三線に合わせて歌っている。

「あの人、ナニ人ねえ」と金城が小声で、近くにいた知念に聞いた。

「フェルナンデスさん？　なんで？　ウチナーンチュさ」

「一瞬、フランス人かと思った」

「ええ？　アレのどこがフランス人よ。金城さん、目が悪いんじゃないの」

「だって言葉がナニ言ってるかワカランし、名前もフェルナンデスって言うんでしょ」

「言葉は日本語。ハチオンが悪いだけ。名前は芸名。ほら、日本人でも、ポール牧とかカルーセル麻紀とかいるさあ。あ、マイク眞木もいた」

「……なんで知念さんのは、みんなマキばっかり？　それもみんな古すぎ」

「アイ確かに……うわっ、うわっ、うわっ。もしかしてコレって、新発見？　ポール牧、カルーセル麻紀、マイク眞木。言われてみれば、みんなマキビケージヤシェー（マキばっかりじゃないか）！」

「違う」とこれも近くにいたカメが、めんどくさそうに言った。

「あの人は、ヤンバルの辺土名《へんとな》さん」

「えー！　なんでカメさん知ってるの？」

「栄町でしょっちゅう歌っていたのに。あれは今帰仁《なきじん》コトバ。ほんとうの名前はフェルナンデスじゃなくて辺土名さん」

「辺土名さん？　辺土名さんがフェルナンデス？　……えー！　アイ、アイ、アイ、待ってよ、待ってよ、もしかして」

知念が目を閉じ、指でこめかみをコツコツ叩《たた》きながらつぶやく。

「お名前は？　と聞かれて辺土名ですと答える。ヘントナデス。フエントナディス」そこでハッと顔を上げた。「フェルナンデス……フェルナンデス！」

「アイ、アイ、アイ！　二つ目の新発見！　今日はジュンにワン、サエてるやっさー」と知念は喜んでいる。

「安里屋ユンタ」を歌い上げたフェルナンデスは、今度は三線をギターに持ち替え、頭に引っかけているハモニカを吹き、ときどき器用に太鼓まで叩きながら、次の歌に移っている。歌っているときの声はちゃんと聞き取れる。

固き土を破りて
民族の怒りに燃える島、沖縄よ
我らと我らの祖先が血と汗をもて
守り育てた沖縄よ
我らは叫ぶ沖縄よ　我らのものだ　沖縄は
沖縄を返せ　沖縄を返せ。

「革新系か？」と照屋亀吉が、それまで半分閉じていた目をパッチリ開けた。

亀吉は昔、組合運動をしていた人らしく、ときどきテレビのニュースを見ては「そんなのは嘘《うそ》っぱちだ！」とか「またアメリカの言いなりか！」とひとり憤《いきどお》っているが、周囲の老人たちがなかなか共鳴してくれないので今度はそれに憤ることになり、結局ニュースの間は腹を立ててばかりいる。

「アンタ、うるさいよ」とたまには隣のオバアに叱られたりもする。

「テレビはみんなで楽しんで見るもんだよ。そんなにワジワジーする（頭に来る）くらいなら、始めっから見なければいいさ」

そういうとき、亀吉は何か言いたそうに口を尖《とが》らすが、しょせん口でオバアに勝てるオジイなどいないから、無念そうに顔を真っ赤にしてうなだれる。

どこの老人施設でもそうだが、入所者のほとんどが女性で占められ、この階でも男は亀吉一人だから多勢に無勢なのだ。

だが、普段の亀吉はなかなか愛嬌《あいきょう》のある老人で、頼み事があるときには賃上げ闘争のように拳をふりあげて「生きてる間はよろしくお願いしまーす」と言って、スタッフを苦笑いさせている。

久しぶりに「沖縄を返せ」を聞いて、亀吉は「我が意を得たり」とばかりに張り切って歌ったが、他の老人たちの声は弱々しい。

「へー、コレって、懐メロ?」と、知念が金城に聞いた。

「どうかねえ、今も歌われているから、まあ、『沖縄版みんなの歌』みたいなもんかねえ。でも、こんな歌、復帰してからも何十年も歌わんといけんってのも確かに問題だよね」と金城が苦い顔をした。

その間にもまた曲が変わり、フェルナンデスはやはり、アレコレと机の上の楽器を使い分けながら演奏している。

エンジンの音　轟々《ごうごう》と
隼《はやぶさ》は征《ゆ》く　雲の果て
翼《よく》に輝く日の丸と
胸に描きし赤鷲《わし》の
印は　我らが戦闘機

「は？」と亀吉がギクリとした顔のまま、後ろにいる知念を振り返った。

「タカ派か？」

「だからよ」と知念も眉をひそめる。「右か左かわからんなあ」

「中立を心がけてるんじゃないの」と金城が言った。

その後もフェルナンデスは、机の上の楽器を駆使して右と左の音楽を公平に歌い上げ、沖縄のわらべ唄を何曲かしっとりと歌い、最後にやはりフランス語のような歌をうたって頭を下げた。老人たちがパラパラとまばらな拍手をする。

「ライブ大会」が終わって、楽器をケースにしまっているフェルナンデスのところにカメが「ハイ！　辺土名さん」と近づいて行った。

振り向いたフェルナンデスは一瞬目を凝らしてから、カメとわかってパッと明るい顔になった。

フェルナンデスが何か言い、「そうよお、わたしも今はここにいるのよお」とカメが答え、再びフェルナンデスが何か言ってカメが「そうねえ、アンタもタイヘンだったねえ」と言っている。

「芸術はタイヘンだからねえ……でもアンタ、才能あるんだから、がんばったらそのうちテレビにも出られるようになるよ」とカメに励まされて、フェルナンデスは困ったように笑って頭を掻《か》いた。


スタッフたちが会の後片付けをしている食堂には何人かの老人たちが居残り、家族参加していた渡慶次ナエの娘の洋子《ようこ》もそのまま残った。

ナエは頸椎《けいつい》を痛めているせいでときどき頭が火照《ほて》って頭痛がするらしく、夏の間は頭の上に冷やしたタオルを乗せ、それが落ちないようにヒモで渡して、そのヒモを顎の辺りで結わえている。

「みなさんもどうぞ」と、洋子は持ってきたお菓子をティッシュにくるんで周りの老人たちに分けてから、母親の向かいに腰かけた。

「かあちゃん、仲村渠《なかんだかり》の三郎叔父さんの四男のアキラーが来月結婚するってよ」

洋子は残ったお菓子を母親の前に置く。

「高校卒業したばっかりで仕事も半人前だのによ、なんであんなアワティーハーティー（急いで）して結婚するかねえって話してたらねえ。できちゃった婚じゃないかねえって、よしこ叔母さんも言ってた。まだ十九だよ、アキラー」

「かあちゃん、できちゃった婚ってなんねえ」とナエが聞く。

「ああ、かあちゃんは知らんか。赤ちゃんがお腹にできてからあわててニービチ（結婚）することさあ」

「アンヤミ（そうなの？）。アンスカミジラシコーネーランヨ（そうめずらしくもないよ）。ワッタールシンカイウタサ（わたしの友だちにもいたよ）」

「へー、かあちゃんたちもけっこうススンでいたんだねえ」

「かあちゃん……」

「なんねえ、かあちゃん」

ナエが洋子の顔をじっと見る。洋子もナエの顔を見ている。

「メーカラ、チチブサタシガヨー（前から聞きたかったんだけどね）」

ナエの顔はめずらしく真剣だ。

「ナニよ？」

ナエはだいぶためらってから、思い切って口を開いた。

「イャーガルワンナチー？　ワンガルイャーナチー？（あんたがわたしを産んだの？　それともわたしがあんたを産んだの？）」

「は？」とキョトンとした顔でしばらくナエを見ていた洋子が、ふいに弾《はじ》けるように大笑いした。

あんまり洋子が笑い続けているので、隣のテーブルを拭いていた久貝が「なんですか？」と聞いてきた。

今度はナエが怪訝《けげん》そうに、そんな洋子を見ている。

洋子は笑いすぎて目に涙を浮かべながら「なんでもない」というように目の前で手を振ったが、それでも笑いは止まらない。見ている久貝までツラレて笑いながら「ナニよお、ぼくにも聞かせて」と台布巾《だいぶきん》を手にしたまま寄ってきた。

「ハハハ」とまだ笑いながら、洋子は指で目尻の涙をぬぐう。

「聞くねえ……わたしは結婚してから五年で離婚して、息子連れて実家に帰ったワケよお」

「え、ナンカ笑いにくいけど」

「ま、その話は置いといて。話すとまたワジワジーするから。でね、それからわたしと息子とかあちゃんの三人でずっと暮らしてきたワケさ。母はちっちゃい孫と話すとき、わたしのことを孫に合わせてかあちゃんって呼んでたワケよ。わたしはわたしでかあちゃんのことをかあちゃんって呼ぶさあね。だってかあちゃんなんだから。それで息子が結婚して家を出たあとも、それが癖になってやっぱり二人でかあちゃん、かあちゃんって呼び合っていたのよ……でも、かあちゃんも年とったんだねえ。お互いにかあちゃん、かあちゃんって言い合っているうちに、どっちが親でどっちが子どもかワカランくなってしまったんだはず。どっちがどっちを産んだのかねえって、今、わたしに聞いたのよ」

「えー」と久貝も笑う。「ナエさん、顔見てわからんの？　洋子さんはまだ若いさあ」

ナエは首を傾げる。

「そうねえ、顔にも皺《しわ》がいっぱいあるし、白髪もあるよ。クンチュン、ユカイ、トゥシトゥトールハジドー（この人もけっこう年取ってるはずよ）」

「アイ、失礼なこと言うねえ、かあちゃん」

「だいたいナエさん。洋子さんがナエさんのおかあさんだったら、いったい洋子さんは幾つよ」

「そんなことわかるねえ、わたしが。自分の年もわからんのに」

「ひえー」と今度は久貝が驚いてみせる。「ナニよナエさん。今、ナエさんの誕生日パーティーやったばっかりでしょ。ボク、司会もしてケーキまで買ってきたのに、ナエさんは自分の年もわからんで誕生会やってたの？　ショック！」

洋子はおかしそうにまたひとしきり笑ってから、喉をヒクヒクさせて「ま、いっか」と母親を改めて見た。

「ヨシ！　もうこの際、どっちがかあちゃんでもいいってことにしよう。家族ってことがわかればそれでいいよ。細かいことは気にしない、気にしない……だけどさ、かあちゃん。ほんとうはね、わたしが娘だよ。白髪になっていても、顔が皺だらけでも、わたしの方が娘だよ、かあちゃん」

「そうじゃないかねえっては思っていたけどさ」

「ナエさん、謎が解けてよかったね」と久貝が言うと、ナエも恥ずかしそうに笑った。

「そう言えばナエさんて、若いときはどんなだったの？　聞いたことないねえ」

頭にタオルを乗せてニコニコしているナエを見て、久貝が聞いた。

「ハッシャ！　うちのかあちゃんはデージ働き者だったんだよ。何しろ八歳のときから働いていたんだから」

「なんで？　八歳っていったらまだ小学生でしょう？」

「小学校なんか行く暇あるねえ。そうだねえ、久貝さんなんか若い人はイチマンウイってわからんでしょう？」

「わかりましぇん」

「うちはとうちゃんもかあちゃんも、そのイチマンウイで売られてきた子どもだったんだよ」

「え？　ナニ、ソレ」


「イチマンウイ（糸満《いとまん》売り）」というのは、沖縄本島の南部にある漁業が盛んだった糸満が、更なる労働力を求めて貧しい村々から、金で子どもたちを集めたことを言う。売られてやって来るのは主に、貧しく現金収入の手立てのない本島北部のヤンバルや離島の貧しい家の男の子たちだった。

彼らの労働環境は非常に過酷なものだったらしい。泳げない子どもは舳先《へさき》に結んだ縄を腰に回し、船から海へ突き落とされた。溺れたら縄で引き上げられ、息を吹き返したところでまたすぐ海に投げられるということをえんえん繰り返す。苦しくなった子どもたちが必死に船にすがりつくと、今度は船の上から櫓《ろ》で叩かれたり、頭を押さえつけられたりして、また海に沈められたという。

そうして一年ほどでひと通り漁の仕方を覚えたら、子どもたちは親方や年長の先輩たちと漁に出る。漁は一日十五時間とも言われる過酷な労働で、漁師なのだからせめて魚だけは腹いっぱい食べていそうなところだが、なぜか主食は芋ばかりだったらしい。

わずかな芋の食事だけで先輩たちにシゴカれながら一日中潜って魚を獲《と》り、掘っ立て小屋に帰ると、子どもたちは倒れるように着の身着のままで寝る。体力のない小さな子どもたちが小屋まで辿《たど》りつけずに、砂浜のそこらじゅうにバタバタと倒れていたという話も聞く。

また糸満売りの男の子たちは、一日中潮に浸《つ》かったまま風呂にも入らないから肌は皮膚炎でボツボツになり、髪は潮風で赤く変色し、足が湾曲しているという肉体的な特徴から、すぐにそれとわかったらしい。通りを歩くと、集落の子どもたちからからかわれたり、石を投げられたりもしたという。

もっとも、当時の沖縄の庶民の暮らしは全体に貧しく、その子が一人前の稼ぎ手になるのは双方共通の悲願である。シゴク側は生活がかかっているし、シゴカれる側も命がけの必死の特訓だったのであろう。

明治以降盛んになったものの、実はそれ以前からあったといわれるこの「糸満売り」は、正確には人身売買ではなく、前金制の年季奉公ということらしいが、一九五五年、琉球政府労働局によって禁止された。

そうして集められた子どもたちはほとんどが十歳前後で、年季は兵役義務の発生する二十歳までとするものが多かったようだ。

だいたいは男の子だったが、中にはナエのような女の子もいて、雇い主の家の炊事や子守などの女中仕事か、機織《はたお》りや蒲鉾《かまぼこ》工場で働き、成長して骨格がしっかりしてくると、今度はカミアチネーと呼ばれる魚の行商をしたりもした。

もちろん、雇い主のなかには心優しい人もいて、我が子同様に育てられたという証言もあるが、たとえ雇い主に恵まれた子どもでも、学校へ通わせてくれることはまずなかったから、二十歳で自由の身になったときには、彼らのほとんどが文盲だったらしい。

「ウソ……」と久貝は驚いた。

「だから、かあちゃんもとうちゃんもほんとうに苦労したんだよ。戦前にやっと年季が明けて結婚したと思ったら、とうちゃんはすぐそのまま兵隊に取られてね。戦争が終わってとうちゃんが帰ってきてから、兄やわたしが生まれたワケよ。それでとうちゃんが船乗って、かあちゃんがカミアチネーして、わたしたちを育てたワケさあ」

「カミアチネーって?」

「男たちが海で獲ってきた魚を、女たちがタライに入れてそれを頭に乗せて売り歩くのよ。カミアチネーで頭に乗せる荷物の重さってわかるねえ。三十キロくらいよ。それを頭に乗せて糸満から那覇とか首里まで行くのよ。夏なんかのんびり歩いていたらその間に魚も腐るさあねえ。だから女たちも必死よ、みんなで一斉に小走りで売りに行くワケよ。まあ、とうちゃんが船降りてからは、かあちゃんも那覇の公設市場で魚買ってから歩きよったけどねえ。わたしも高校生のときに夏休みのアルバイトしようかと思って、試しにかあちゃんのタライ、頭に乗せてみたことあるんだけどさ。かあちゃんの半分くらいの重さにしてもらったからどうにか頭に乗るには乗ったけど、重くて一人では立ち上がりもできんかった」

「慣れよ、慣れ」とナエは笑っている。

「慣れっていってもねえ。やっぱり身体には無理があるワケよね。膝がおかしくなったり、頸椎がやられたり、かあちゃんの仲間の人もみんな身体こわしているよ。あんな仕事何十年もやって、身体が無事なワケないさ」

「え？　もしかして」と久貝が改めてナエを見た。

「ナエさんの頭痛も、頸椎の損傷ってのもそのせい？」

暑い日にナエの頭に冷たいタオルを乗せるのは、久貝もやってあげていることだし、頸椎の損傷が原因だということも知っていたが、これがそのカミアチネーという仕事のせいだとは知らなかった。

「アイ、久貝さん、今わかったの？　これはかあちゃんの職業病よ。こんだけかあちゃんが頑張ったっていう証拠さ」

洋子はそれで思い出したように「ダーダーダー」と立ち上がり、母親の顎の下のヒモを解いて頭のタオルを取って、水道の流水で冷やした。

相手がヒモを結びやすいように、少し顎を上げたまま待っている母親の顔を見て、洋子はタオルを持った手をふと止めた。

「考えてみたら、かあちゃんは人生のほとんどどって言っていいくらい、頭にモノ乗せて生きてきたんだねえ」

「へっ、わたしなんかは大したことないよ。それよりとうちゃんがよくがんばったさ」

ナエはなつかしい遠い目をする。

洋子は、キツすぎず、ユルすぎず、慣れた手つきでヒモを結ぶ。

「うん、よくがんばった。でも足だけで済んで運も良かったんだよ、とうちゃんは」

「え? おとうさんの足、どうしたの」久貝が恐る恐る聞く。

「サメに足、咬《か》まれてね」

「えー!」

「イヤイヤ、足、ぜんぶ咬みちぎられたんじゃないよ。形としては残っているよ。丸ごとなくなってたら出血多量でそのままハワイ行きさあ。でも、とうちゃんも海の中でサメと目が合ったときは、足一本どころか『もう、これで死ぬんだねえ、みなさん、サヨナラ』って思ったらしいよ。仲間がすぐ気がついて、みんなでワーワーして大声出して、棍棒《こんぼう》でサメの鼻バシバシ潰して半殺しにしたから助かったって」

「なんかサメもかわいそう」

「サメもかわいそうかもしれんけど、とうちゃんもタイヘンだったんだよ。左足の太もも大きく咬まれたからね。二百針近く縫って一週間くらいはずっとうなされて、命は助かっても麻痺《まひ》はずっと残ってたさ。だから退院してからがタイヘンよ。字が読めんから普通の仕事はできんし、力仕事ももうできんさね」

「でも、とうちゃんは、そんなことでは負けんかった」ナエはうなずいた。

「そうだよね、まずは、履歴書くらいは自分で書けんとって言って、高校生だった兄に字を教えてもらったワケよ。基礎からやるって小学校の教科書からはじめてね。あとは図書館から本、借りてきてさ。四十過ぎてはじめて、とうちゃんは学習意欲に燃えたみたい。イチマンウイに行かされんでちゃんと学校に通えていたら、とうちゃん、ぜったい偉くなってたはずよ。まあ、そうしたらわたしもこの世にいなかったんだけどね。とにかく、とうちゃんは努力家だったよ。夜中まで勉強して車の免許も一発で取ってね、タクシーの運転手になってからも時間があったら本ばっかり読んでたよ。ほら『罪と罰』ってあるでしょ、ローストエーフスキーの。あれも最後まで読んだんだよ」

「アンタ、読んだねえ？　ローストエーフスキー」とナエが聞いた。

「読んでましぇん」

「いいご主人だったんだねえ」

「読んだらいいよ」と、ナエはゆっくりとうなずいた。

「サイコーよ、ねえ、かあちゃん」

「そうだね、かあちゃん」と洋子が明るく笑って、ナエの頭の上のタオルを直してやった。


「ヨネちゃん！」と夢の中で叫んで、絹子はハッと目を覚ました。

目を覚ましてもすぐには何が何だかわからず混乱したが、少しすると、（ああ、夢を見ていたんだ）とほっと深い息をついた。しかし安堵したのも束の間、今度は周囲の闇に少しずつ浮かび上がってきたのが、いつもの「がじゅまる」の部屋であることに、絹子はガッカリした。

（そうだ、わたしは老人ホームに入れられてしまったんだ）

苦い現実がよみがえってきて、いつものように涙しようとしたときに、（あれはいったい何の夢だったろうか）ということがふいに気になった。

ただでさえ久しぶりの夢なのに、今みた夢は夢と思えぬほど逼迫《ひっぱく》していて、まるで絹子に何か訴えているかのようだったのだ。

（もう一度寝ると続きが見れるかもしれない）と絹子は枕に顔をうずめたが、一度目覚めてしまった頭はどんどん冴《さ》えていきそうだ。

（今、思い出さないと、起き上がって動いたら忘れてしまう）

絹子は、今度は目を閉じて心を落ち着け、何とかさっきの夢の続きをたぐり寄せようとした。

どのくらいの時間そうしていただろうか、ほんとうにウトウトしかけた頃、脳の中のスクリーンにミルク色の靄《もや》がかかり、幼い少女が現れて、その子が笑いながら遊んでいる姿や、こっちに額をくっつけるようにして真剣にヒソヒソ話をしている小さな顔が、映画の予告編のように断片的に浮かんできた。どうやらその子と一緒に遊んでいるのは絹子自身のようだ。

（そうか、夢の中ではわたしも子どもなんだ）と悟ったとたん、「ヨネちゃん」という、今、自分が目覚めに叫んだまま、次の瞬間に忘れていた名前がふいに絹子の口を突いて出た。

「……ヨネちゃん」

口に出してみて、その言葉のなつかしい響きや、言ったあとに胸に広がる温《ぬく》もりで、それがかつて自分が何度も親しく呼んだ身近な人の名前なのだと確信した。

しかし、顔を寄せてきたときのおかっぱ頭や丸い顔の輪郭までは浮かぶが、肝心の顔立ちはぼやけてわからないまま、絹子は本格的に目覚めてしまった。

「ヨネちゃんって、いったい誰なんだろう?」

しかし如何《いかん》せん、この頃の絹子は、顔と名前がすぐに一致して出てくるのは、ホームの人たちとときたま訪ねてくる姪たちくらいしかいない。

ごくたまに、教え子や親戚が訪ねて来たときは、顔を見たとたんに「そうだ、そうだ。この人がいた」とその人の存在を思い出すことができるし、稀《まれ》にスンナリ名前が出てくることもある。だから目の前にいる人との会話に困ることはないが、それは相手がその場にいるときに限ってのことで、その人が帰ってしまうと、またそのまま忘れてしまうのだ。

たとえば、姪の知子に、「昨日、〇〇さんが来たでしょう?」と聞かれたとしても、来た人がほんとうに〇〇さんだったのかどうかがわからない。下手をすれば、知子に聞かれるまで〇〇さんはとっくに死んだと思っていることさえある。これが今の絹子の記憶力の限界なのだ。

しかし、「ヨネちゃん」はそうして忘れてしまっていい人ではないはずだという確信めいたものがあって、絹子はしばらく消えていく夢の記憶を追ったが、もどかしい思いで追えば追うほど、夢は手のひらで雲散霧消していった。

いつのまにか、部屋はすっかり明るくなっている。

「ヨネちゃん」と、天井に向かって老いた手を伸ばしてから、絹子はあきらめて身体を起こした。

その日の午前中くらいまで、絹子の頭の片隅に、「ヨネちゃん」という名前が引っかかっていたが、他のいろいろなことと同じように、それもそのうちどこかへ行ってしまった。


「ヨネちゃん」は、絹子と同い年の幼なじみだった。絹子が八歳のとき、近所の長屋にヨネちゃんたち一家が越してきたのが、ヨネちゃんとの最初の出会いである。

その日もやはりうだるような暑い一日だった。女中が庭に打ち水をしても、父の留守をいいことにシュミーズ一枚で縁側に寝っ転がってもなかなか涼しくならないし、邪魔だと叱られるだけなので、絹子は母親に小遣いをもらい、弟の手を引いて近所の商店にラムネを買いに出た、その途中のことだった。

町内の長屋の入り口が何やら騒がしく、そこを囲むように近所の子どもたちが何人も集まっていたので、絹子も足を止めて輪の中を覗いたのである。

引っ越してきたのは、両親に子どもが三人という一家で、みんな貧しい身なりで大八車に積まれた荷物もガラクタばかりだったが、人力車を伴ってやってきたのがめずらしく、絹子もそのまま引っ越しを見物していた。

もっとも、引っ越しと言うより、移動という言葉で間に合うくらい、一家の荷物は少なかった。

まず、父親らしい男が大事そうに人力車を土間に運び入れ、その妻らしい女がキッとした目でそれが壁に当たらないように大きな声で号令をかけ、三人の子どもたちもそのときばかりは半分口を開けてそれを見守っていたが、それさえ済めばあとはまたワイワイ言いながら、大八車の鍋やら卓袱台《ちゃぶだい》やらを、赤ん坊を除いた家族全員で家の中に運び込み、それを三回も繰り返せば、もうそれで終わりというような具合である。

しかしその間にも、五歳くらいの男の子が異常なほどワーワー騒ぎまわり、そのたびに母親が大声で怒鳴り、それを聞いた赤ん坊が激しく泣き出すという騒々しさで、通りかかった大人まで、「ナニゴトか」と足を止めるほどであった。

ただでさえ暑いのが、見ていてますます暑くなる鬱陶《うっとう》しい光景だったが、近所の子どもたちは額に汗の玉をこさえながらも、何にも見逃さない厳しい目で、じっと一家の様子を見ている。

当時は、今のように「家で遊ぶ」などということはしないから、子どもたちは地回りのように近所を歩きまわり、ふだんと少しでも違うことがあると、声をかけあって情報収集にあたっていたのだ。

一家の三人の子どもたちの中の、年長らしい女の子がヨネちゃんだった。ヨネちゃんは粗末なナリこそしているものの、青っ洟《ぱな》と垢《あか》で顔をテカテカさせてギャーギャー騒いでいる弟と比べたら、はるかに聡明《そうめい》そうな顔立ちで、口をギュッと結んだまま、キビキビと働いていた。

絹子をはじめ、子どもたちの興味は、これから自分たちの顔なじみになるだろうヨネちゃんに集中する。

そのヨネちゃんは自分より大きな風呂敷包みを背中に背負い、ヨタヨタと長屋に入って行くと思いきや、ふいに戸口で足を止め、クルリとこっちを振り向いて、ジロジロ見ている子どもたちを「ヘン」とその大きな目で睨んでから、その鼻先でピシャリと家の戸を閉めた。

「ヌーヤガ！　アレー（何だ、あの態度は）」と、近所のワンパクたちが口々に金切り声で叫んだが、絹子は「あの子もうちの学校に転校してくるんだろうな」と思った。

絹子の予想通り、その翌日にヨネちゃんは絹子の通う小学校に転校してきた。身体が小さいのでてっきり一年生だと思っていたヨネちゃんは、絹子と同じ二年生の教室にやってきた。

先生に連れられて教室に現れたヨネちゃんは、昨日とは違う服を着ていたが、ツギハギこそないものの、それもやはりみすぼらしいものだ。

絹子が驚いたのは、標準の二年生より頭ひとつくらい小さなヨネちゃんの堂々とした登場ぶりである。顔をグッと上げ、痩せた背中をピシャンと伸ばして歩く姿は、前を行く先生よりはるかに威厳があるように見えた。

それに続く自己紹介も、臆するどころか、大きな目を細めて、教室の生徒全員に睨みをきかせたものだったので、休み時間になるとさっそくヨネちゃんはクラスのワンパクたちに取り囲まれた。

「チッピラー（チビ）」「ミンタマーヒャー（目玉め）」と男の子たちが囃《はや》し立て、女の子たちはクスクス笑いながら、それを遠巻きに見ている。

ヨネちゃんははじめは上目遣いに悔しそうに男の子たちを睨んでいたが、その中の一人がふざけてヨネちゃんの頭をこづこうとするやいなや、電光石火の早業でその子の胸ぐらに飛びかかり、驚いて振り払おうとしたその腕に噛みついた。その子が大声をあげたので、それを引き離そうとする子、ヨネちゃんにつかみかかる子で、休み時間は大乱闘になった。女の子はワーワー叫び声をあげ、先生を呼びに行く子もいる。

気がつくと絹子も、乱闘の中に入っていた。

絹子の負けず嫌いもかなりのものだったが、それは「為《な》せば成る」という厳しい自戒から来ているもので、決して揉《も》め事や争い事が好きなわけではない。むしろ、ふだんの絹子は人とぶつかれば最初に「ごめんなさい」と謝って礼儀正しく道を譲る性質である。

しかし、もともと正義感が人一倍強いうえに、父親に「弱い者いじめを見ないふりしてはいけない」と教えられているから、小さな女の子一人に男の子が三人もかかっていくというのが、まず許せない。ましてや、相手が今日入ってきたばかりの転校生であれば、親切にいろいろ教えてやるのがほんとうではないか。

そう思うやいなや、勝手に身体が動いて、気がつけば自分も参戦していたのである。

チビのヨネちゃんの思いがけない敏捷《びんしょう》さと、身体が大きくて腕力もある絹子の加勢で、結局、女の子二人で三人の男の子を打ち負かしてしまった。

先生があわててやってきてみんなを引き分けたが、お説教もそうそうにヨネちゃんに腕を噛まれて泣いている男の子を追い立てながら、保健室に行ってしまった。

そうしてヨネちゃんは、転校初日ですでに学校では知らない者はいない小学二年生になったのである。

ヨネちゃんは気性が激しいうえに怒ると待ったがないので、その後も数回、絹子はヨネちゃんが買った喧嘩に巻き込まれたり、トバッチリを受けて一緒に先生にお説教されたりしたが、ヨネちゃんといると毎日が冒険で楽しかった。

もっとも、はしっこくて頭の回転も早いヨネちゃんも学校の勉強ばかりは苦手で、宿題は絹子の家で絹子が家庭教師をして教えてやった。

馬が合うというのだろうか、そうして二人は唯一無二の友となる。

親しくなるにつれ、絹子にも少しずつ、ヨネちゃんの家の事情がわかってきた。引っ越しの日に気になっていた人力車については、ヨネちゃんの父親が人力車の車夫をしているということでこれはすぐにわかったし、ヨネちゃんのほんとうの母親はヨネちゃんを産んですぐに亡くなり、今の母親は後妻であること、だからヨネちゃんと弟たちは腹違いの姉弟であること、後妻が怒鳴ってばかりいるのは耳が遠いだけで、ほんとうはけっこう気のいい人であること、上の弟には少し脳の障害があるらしいということなどは、そのうちわかってきた。

いつも元気なヨネちゃんも、ときどきションボリした顔をしていることがあり、絹子が尋ねるとポツポツとそんなことを話してくれたりしたのだ。

小学校五年生のときのことである。二人が放課後の校庭で遊んでいると、外出から戻ってきたらしい校長先生が、運動場の真ん中あたりで絹子たちに気づいて手招きした。

絹子とヨネちゃんのお転婆《てんば》ぶりはすでに学校の中でも知れ渡っていたから、お説教に違いないと二人が気を重くしてグズグズと歩いていくと、校長は二人を校庭のがじゅまるの木の下に座らせ、自分もその隣に腰を下ろした。

前年、ヤマトゥから赴任してきた校長は、四十代半ばくらいの恰幅《かっぷく》のいい人だった。いつも隙のない身だしなみで動きもキビキビとして、軍服を着せ、鼻の下に髭《ひげ》でもつければ、そのまま陸軍大将としても立派に通るような風貌をしている。

時は一九三六年（昭和十一年）。その三年前に、日本は満州国の正統性を認めないとする国際連盟を脱退しているし、翌三七年（昭和十二年）には盧溝橋《ろこうきょう》事件を経て日中戦争に突入することになるから、まさに時代は軍靴の音が近づく戦争前夜である。

そのような国家の重大事の前にあっては、小学生といえども「いざ」というときの頭数の一つになる。「少国民」と呼ばれる絹子たちも、毎朝校庭に集められ、天皇がいる皇居に向かって、と言うより日の出る東の空に向かって直角の礼をしたり、弁当を食べる前には、「箸《はし》とらば」を唱えたり、ウチナーグチを使うと「方言札」という札を首から掛けさせられたりしていた。

特に薩摩《さつま》の琉球侵攻から廃藩置県、琉球処分と常に属国扱いされてきた沖縄は、日本政府にとっては疑問符付きの日本人だったから、台湾や朝鮮などの占領地と同じように、「皇民化教育」が熱心におこなわれていたのである。

「忠良な臣民を作るにはまず教育だ」とするその重要な国策の一端を背負って、ヤマトゥから意気揚々とやってきたのがその校長なのだが、時が経つに連れ、校長はときおり憂鬱そうな顔で校庭でひとりボンヤリしていることが多くなった。

校長には、沖縄の人間は、どうものんびりし過ぎているとしか思えないのだ。

それでついつい「内地では」「内地では」という言葉を連発して、説教も熱くくどくなりがちである。

またそうなると沖縄の人間の方でも、忠良なる臣民になるのに異存はないものの、あまりの押しの強さに、「アンチョー　ルクカシマサヌ（あの人はちょっとうるさいな）」ということになり、陰で「タンチャー校長（おこりんぼ校長）」と呼んだりもした。

その他に言葉の問題もあったろう。方言禁止令で校長の前ではみんな標準語でしゃべったが、当時のウチナーンチュのみんながみんな標準語で十分な意思の疎通ができたわけではなかったし、中には校長が何を言っているのか、サッパリわからない人もいた。そもそも「ウチナーグチ」は内地の東北弁や関西弁と違って沖縄独自の言語だから、「方言」と一括《ひとくく》りにするのが、無理な話なのである。

加えて、やはりヤマトゥから来た前任者が穏やかで人望のある人だったから、ことごとくその人と比較されるという、校長にとっては不運な事情もあった。

そうしたわけで、任務への情熱が大きければ大きいほど、校長の孤独は深かったのである。

「君たちは元気が有り余っているようだな」と校長は、ジロリと二人の顔を見て言った。

校長は頬をチッと動かしただけで顔は無表情だし、この言葉だけでは褒められているのか、叱るときの前置きなのかもわからないから、二人は直立して無言のまま相手の次の出方を待っている。

「女にしておくには惜しいくらいだ。男だったら二人とも立派な突撃隊員だな」

「…………」

二人は、これは褒められているのじゃないかとチラリと思ったが、確信がないのでまだ黙っている。先生に怒られることにかけては場数を踏んでいる二人だから、余計なことを言ってさらにお説教を長引かせるようなヘマはしないのだ。特に今は、相手が「タンチャー校長」である。

「君たちは人見絹枝《ひとみきぬえ》を知っているか？」と校長はふいに二人に聞いた。
「……知りません」と戸惑いながら絹子が答えた。
「何年生ですか？」とヨネちゃんが聞いた。
「オリンピック選手だ」と校長は、少しムッとしたように答えた。

人見絹枝は、一九二八年（昭和三年）のアムステルダムオリンピックの八百メートルで銀メダルを獲得した日本人女子初のメダリストだ。本来、絹枝の得意とするのは自身で世界記録を保持する走り幅跳びだったが、これはオリンピックの種目になかったので、同じく日本選手権で世界記録を樹立していた百メートルにエントリーしていた。ところが優勝候補と目されていた百メートルの準決勝で、人見はまさかの敗退をしてしまう。

メダル獲得を自らの使命と厳しく課してきた人見は大いに落胆し、監督に必死に懇願して急遽《きゅうきょ》、八百メートルに出場する。そして「生まれて始めて走った」という八百メートルで人見は堂々の銀メダルに輝き、見事、雪辱を果たしたのである。

ちなみにこの第九回オリンピックは、オリンピック史上はじめて女子陸上が行われた記念すべき大会でもあり、日本でも代表選手団五十六人中、女子は人見たった一人の参加だった。

「人見絹枝は、な」と校長は遠い目をしてから、その目を絹子たちに戻した。

「金メダル獲得の使命を胸に、女は自分一人という選手団の一員として、遠くシベリア鉄道に乗ってオランダに乗り込んだんだ。百メートルの予選を一着で通過しながら準決勝で敗れた絹枝は、このままでは日本に帰れないと思った。みんなの期待と日の丸を背負って来たんだ。手ぶらでは帰れない。敗れた絹枝は監督に会いに行き、もう一度走らせてください、と頼んだ。それまで一度も走ったことのない八百メートルを、世界の強豪相手に走るというのだ。そんなことできるわけがないと、監督はじめみんな猛反対したが、そんなことで引き下がる絹枝ではなかった。ついに監督も絹枝の熱意に負け、八百メートルを走らせることにしたんだ。そして当日……」

そこで校長は言葉を切り、絹子とヨネちゃんの顔を交互に見た。

さっきまでソワソワと腰の浮いていた二人の少女は、どうやらお説教ではないらしいということにまず安心し、では何を言い出すのかと思って聞いてみると、話は授業の訓話などよりはるかにおもしろい。特に「人見絹枝」というその人が女の英雄だということに興味がわいて、いつのまにか二人は校長の話に聞き入っている。

また意外なことに、校長の話術も見事だった。いつもは大声で怒鳴るように話すだけなので、長く聞いているうちに一本調子で退屈になりがちだが、今は抑揚もあれば間もあるから、次がどうなるのか、つい話に引き込まれてしまう。

「百メートルばかり走っていた絹枝は、ついスタートで一気に飛び出してしまった。ペース配分を間違えてしまったんだな。このまま飛ばせば最後まで持たない。しかし、一度ペースを緩めて下がった順位から上位に登っていくのはシナンノワザだ。四着や五着じゃせっかく自分から願い出た意味がない。何しろ、メダルを取らなきゃいけないんだからな」

そう言って、校長はまた二人の顔を見た。

もう絹子もヨネちゃんも真剣で、一刻も早く、話の先を知りたがってウズウズしているのがわかる。

校長は満足げにうなずいて、先を続けた。

「足は重く、心臓は痛く、身体はギシギシ悲鳴をあげていたが、絹枝は最後まであきらめなかった。八百メートルの経験などなくても、絹枝には根性がある。何がなくとも、我々日本人には根性というものがあるのだ。そして人間、やはり最後は根性なのだ。足は使いすぎると疲れるが、根性は使っても使っても減らない。どころかますます鍛えられ、強くなっていく。一人抜き、二人抜き、そして二着の選手を土壇場で抜いて……絹枝はみごと、銀メダルに輝いたんだ！」

校長先生は話し終えて感慨深げに嘆息し、絹子とヨネちゃんは、抱き合わんばかりに歓喜の声をあげている。

「この話から何がわかる？」

校長は、しばらくしてから二人に問いかけた。

もう二人にとって、校長先生は「タンチャー校長」ではない。

「根性が大事」とヨネちゃんが元気に答えた。

「うん、うん」

「為せば成る」と絹子も答えた。

「うん、うん。それを忘れるな。これからは女子といえども、お国のために働かなければならん。君たちも男子と喧嘩ばかりしておらんで、大和乙女として恥ずかしくないように、日々修練しないといかんのだぞ」

「はい！」二人は力強く答えた。

「校長先生」とヨネちゃんが手を挙げた。

「なんだ」すっかり気を良くした校長は、自信たっぷりに聞く。

「絹枝さんは今も走っているんですか」

校長はふと顔を曇らせ、無念そうに唸った。

「……死んだ」

「はー」と、絹子もヨネちゃんも同時に短く叫んだ。

「銀メダルをもらって三年後にな、二十四歳で死んだ。ソーゼツな病の中、何度も何度もお国のために立ち上がってな。死の床につくまで、自分に続く若手の育成にもジンリョクしておったのだ」

「あー」と二人は嘆息した。

絹子もヨネちゃんもしばらく悲嘆に暮れていたが、その様子を見た校長が、「しかし」と力強く顔を上げた。

「死を恐れてはいかん。真の英雄というのは、肉体は滅びても魂まで死ぬことはないのだ」

「ヒトダマですか?」ヨネちゃんが聞いた。

「ヒトダマじゃない。魂だ！　大和民族の優秀さを世界に知らしめようという魂だ！」

「はあ」と二人は考えた。

「たとえば、だ。人見絹枝の肉体は滅んでしまったが、もし君たちが絹枝の生き方にカンメイを受け、そこから学ぶものをみつけることができたら、絹枝の魂は永遠に生き続けるということだ」

「校長先生」今度は絹子が質問をした。

「どうやったらわたしたちもオリンピックに出られるんですか」

「うう」と校長は少し口ごもった。

二人はじっと校長の答えを待っている。

「うむ。まあ、イチネンホッキして死ぬ気で向かえば、やれんこともないだろうが……君たちは幾つだ？」

「もうすぐ十二歳です」二人は顔を見合わせて一緒に答える。

「内地ではな」と校長の目がキラリと光った。今度は自慢そうに顎に手をやっている。

「君たちより一歳年上の稲田悦子《いなだえつこ》という小学生が今年、オリンピックに出た」

「えー！」と絹子とヨネちゃんは、腰を抜かさんばかりに驚いた。

稲田悦子は、一九三六年（昭和十一年）のベルリンオリンピックの同年に、同じくドイツで開催された冬季オリンピックのフィギュアスケートに、弱冠十二歳で出場している。

当時の写真を見ると、見上げるような長身の外国の女子選手たちと一緒に、母親の手作りという衣装を着たお人形のように小さな日本人少女が並んでいる。

競技を見ていたヒトラーが、「あの子どもはこんな所で何をしているんだ？」と側近に尋ねたという話も残るほど、不思議な印象が残る写真だ。

「じゃあ、わたしたちも練習したら出られるんだ！」と絹子が目を輝かせた。

「言っておくが、今の話はナニも君たちにオリンピックに出ろと言ってるんじゃない。ひとつのたとえだ。女子でもお国のために役立つことはたくさんあるという話だぞ。ジュウゴノマモリという言葉を知らんのか」

校長はわずかに慌てたが、「でも」と、絹子は食い下がった。

「沖縄の人間もシンミンなんですから、絹枝さんやその小学生みたいに、頑張ればオリンピックに出ることはできるんですよね」

「うちらも、絹枝さんのようにお国のためにがんばりたいです」

ヨネちゃんもまっすぐな目で校長を見ている。

躊躇《ちゅうちょ》していた校長も、しまいには「そうか」と頷《うなず》いた。

「では、オリンピックに出ろ、まあ、目標をもつのは大事なことだ」

「はあ!」と二人は小躍りして抱き合った。

「ありがとうございます!」

「校長先生、がんばります!」

絹子もヨネちゃんも、校長の言葉でオリンピックへの出場が決まったかのような喜びようだ。

校長は「そうだ!」と胸ポケットから時計を出して、「こうしちゃいられん」と二人を残して校舎に向かって足早に去っていった。

校長のお尻には、校庭の土でできた茶色の輪っかがお尻の形そのままについていたが、絹子にはそんなことさえ、校長の剛毅《ごうき》さの証《あかし》に思えた。

二人は深いため息をついて、しばらく校長の後ろ姿をみつめた。

「立派な人だねえ」と、絹子がゆっくり首をふった。

「アンスクトゥ（まったくねえ）」ヨネちゃんも感心してうなずいた。

「あ、ヨネちゃん、方言札！」

「あーら、わたくしとしたことが」

「はしたないでいらっしゃいますことよ」

「おほほほほ」

二人ははしゃいで、校庭を走り回った。


その日から二人は、オリンピックに出場するための計画を練った。小学生でも出たらしいフィギュアというものは、二人とも今まで見たことも聞いたこともないし、どこでどんな練習をすればいいかもわからないので、いつでもどこでもできる陸上に挑戦することにした。

と言うよりやはり、お国のために身体を張って未知の八百メートルに挑戦してメダルを取り、病を押して後進を指導し、若くして逝ってしまった人見絹枝という女性の話に激しく心を打たれたのだ。

校長先生に聞いたところでは、幸い、次のオリンピックは四年後で、二人が驚いたことに開催場所も東京だという。四年もあれば今から死ぬ気で練習すれば何とかなるだろうし、開催場所が東京なら日本国内でそう遠くもなさそうだから、親たちも反対はしないだろう。ほんとうにちょうどいい時期に校長先生に教えてもらったものだと二人はつくづく自分たちの幸運を喜んだ。

もっとも「オリンピックに出る」と決めたところで、小学生の二人には練習法などわからないし、教えてくれるコーチがいるわけでもないので、それからしばらくはただ闇雲に走るだけだった。

絹子は母親に頼んでヨネちゃんの分と二枚、運動着を買ってもらい、鉢巻はヨネちゃんが絹子の家に泊まりこんで、二人でこさえた。二人は走って登下校し、お使いに行くにも全力疾走した。

しかしそれから二年後の一九三八年（昭和十三年）七月のことである。絹子とヨネちゃんを愕然《がくぜん》とさせる出来事が起こる。

その春には二人とも小学校を卒業して、絹子は県立第一高等女学校に進学し、ヨネちゃんは呉服屋の見習いとなり、それぞれに新たな道を進み始めていた。

絹子が入学した「一高女」は、歴史ある「師範学校女子部」に併置された県下の名門校で、全県の少女たちのあこがれの学び舎だった。校庭には相思樹《そうしじゅ》並木と呼ばれた緑の並木道が続き、校舎は次の授業に移るために本を抱いて走らなければならないほど広く、その頃としてはめずらしいテニスコートまであったという。

往時の写真を見ると、明治時代の袴《はかま》姿で髪を結い上げた少女たちの集合写真、襞《ひだ》つきのニッカボッカのような袴姿でテニスラケットを手にした大正時代の写真、それが昭和になると少女の髪型はオカッパやおさげになり袴もセーラー服に変化しているが、どの時代の写真からも少女たちが恵まれた環境の中でのびのびと学園生活を謳歌《おうか》していたことがうかがえる。

しかし、その少女たちも、「女子師範・一高女」ともに、沖縄戦で「ひめゆり部隊」と呼ばれた学徒隊に動員され、生徒・職員二百十名が戦火に命を落としているし、一九四五年(昭和二十年)三月の空襲で歴史ある校舎も全焼して跡形もなくなった。

当然ながら生き残った生徒や教師の中から、「県立が無理なら私立にしてでも」と母校再建の話が熱く提案されたらしいが、一方「この時代にあのような理想の学び舎は二度と再現できるものではない」という声もあったらしい。

いずれにせよ、「女子師範・一高女」の再建は断念されたが、母校への深い思いと平和への祈念をどうにか形にして残したいと、代わりに卒業生有志の東奔西走によって作られたのが「ひめゆり平和祈念資料館」である。

絹子がそのような少女たちのあこがれの的である女学校に進学した一方、ヨネちゃんは十三歳で世間に出るのだから、二人の環境は大きく変わってしまったが、友情はそんなことでは揺らぎもしない。

それぞれ道は分かれるが、この先どんな艱難辛苦《かんなんしんく》があろうともオリンピックの夢だけはあきらめないと、互いに互いの手を取って固く誓い合ったばかりの、まさにその時のことである。

二年後のオリンピック開催国である日本が、突如オリンピックの開催地返上を発表したのだ。

開催が決定してから、オリンピックと同年の一九四〇年に訪れる「紀元二六〇〇年」の祝賀と併せて国威発揚につなげようと大いにはりきった日本であったが、実際には日中戦争でそれどころではなかった。

「そんな余分な資材はない」と軍部は圧力をかけてくるし、中国大陸の利権をめぐって対立するイギリスは日本での開催に激しく反発する。当然のことながら、日中戦争のもうひとつ当事国である中国は開催都市変更をＩＯＣに直訴してくる。そんな国内外に山積する問題に対処する体制すら作れないまま、ついに政府も開催地返上を決断せざるを得なかったのである。

しかし、絹子たちにはそんな事情はわからず、ただ東京オリンピックが露と消えたことに愕然とするばかりだった。

二人は、この二年で鍛えに鍛えた足で卒業したばかりの小学校まで脱兎《だっと》のごとく駆けつけ、息せき切って、「東京オリンピックがなくなりました」と、校長に訴えたが、校長は、「オリンピックなどなくても、お国に奉公することはできる！」という言葉を残して、サッサと内地に帰ってしまった。

目標としていた東京オリンピックは幻になるわ、頼りにしていた校長先生には去られるわで二人はしばらく途方に暮れたが、「この戦争はいつか勝利に終わる。そしてまた四年ごとにオリンピックは続くのだ」と思い直した。

「やる」と決めたらいっそうの闘志に燃えた二人は、思い切って以前から二人に目をかけてくれていた体育の仲宗根《なかそね》先生に相談した。

先生は女学生の絹子はともかく、働くようになっても練習を続けているヨネちゃんの強い熱意に打たれ、週に三日、放課後に練習を見てくれるということになった。

幸運なことに、仲宗根先生は学生時代に陸上の選手だった人で、「そんなにむやみに走ったら膝を壊してしまう」と二人に正しいフォームを教え、二人の走りを見てヨネちゃんには百メートルを、絹子には八百メートルを勧め、それぞれに合った練習方法も教えてくれた。

それだけではない。練習開始後、半年たっても変わらない二人の真剣さに「それなら」と、県立一中の男子生徒を二人の練習相手に連れてきてくれたのだ。

二人は大いに喜んだ。それまではただ盲滅法《めくらめっぽう》に走るだけで、さすがに「子どもだけでこんなことをしていて、ほんとうにオリンピックに出られるのだろうか」と、不安になっていた頃である。

しかし、今は専門家の指導者も練習相手もできたのだ。二人は、突然、目の前が大きく広がってその真ん中に道ができ、その道がそのままオリンピックへと続いていくような気がした。よそ見をせずに、この道をそのまま真っ直ぐに走りさえすれば、いつかオリンピック競技場につながるのだ。

それからもしばらくは練習が続いた。気楽な女学校の生徒である絹子はいいとして、呉服屋勤めといってもまだ見習いで、主人の家の子守や賄いのようなことまでしてから練習に駆けつけてくるヨネちゃんには、苦労もあったようだ。お店のお姉さんたちと喧嘩をして、悔し泣きしながら練習に出てくることもたびたびだった。

「ヨネちゃん、お店大丈夫ねえ」と絹子が聞くと、「週に三日は五時でお店を出させてもらう。それが最初のうちの条件だもんね。それが駄目なら、あんなお店辞めてもいいもん」と、ヨネちゃんはこの前まで小学生だったとは思えない、いっぱしの勤め人のような口をきいて絹子を驚かせた。

しかしこれは、ヨネちゃんが辞める前に、働き始めて一年くらいで向こうからクビを言ってきた。これはヨネちゃんの働きぶりがどうだということではなく、やはり当時の世情に関係してくる。

一九三七年（昭和十二年）に起きた「和装化運動」が、翌年に発令された「国家総動員法」によって活発化され、その頃には国防婦人会というヤマトゥ式の着物に白い割烹着《かっぽうぎ》を着てタスキをかけた婦人たちの集団が、巷にもボチボチ見られるようになった。

そうなるとほんとうならヨネちゃんの働く呉服屋などは大喜びするところだが、当時は呉服屋に限らず、那覇の大きな店というと、そのほとんどが内地から渡ってきた居留商人たちの経営する店である。

地元の小さな呉服屋は、資金のないぶん知恵を働かせねばならなかった。ヨネちゃんの勤める呉服屋でも、先を見越そうと「簡易着物」やら「戦闘着物」なるものを必死に考案していたから、ヨネちゃんのような子どもではなく、もっと戦力になる働き手を必要としていたのだと思われる。

　職にあぶれたヨネちゃんは、次に近所の銭湯で働いた。そしてしばらくは、疲れを知らぬかのように、仲宗根先生が、「もういい！」と首根っこを押さえるまで走るのをやめないくらい張り切っていた。

　それがいつのまにか、すぐにゼーゼー息を荒くしたり、咳き込むことが多くなって、病院へ行ったら結核だと言われた。医者の話によると、栄養状態が悪いところに、全速力で走ったり、半日も銭湯で薪《まき》をくべたり、火吹竹を吹いていたのがいけなかったということだった。

「結核」という診断を受けては、もう仕事や練習どころではない。家で静養することになったヨネちゃんを、絹子は仲宗根先生と訪ねた。

「先生、うちは悔しいです！」とヨネちゃんは、わんわん泣いた。

「うちは貧乏だし、頭は悪いし、走ることしかできんかったのに、走るのやめたら、うち、なんのために生きてきたかワカランです！」と泣いた。

「何を言っている。君はまだ十四歳じゃないか。何もかもこれからなんだぞ。今は病気を治すことだけ考えろ」と叱る先生もやはり悔しそうだった。

仲宗根先生が帰ったあとも、絹子はヨネちゃんのそばに残った。

「ねえ、キヌちゃん」と泣き疲れたヨネちゃんがボンヤリつぶやいた。

「なあに」

「ほんとうなら、来年は東京オリンピックだったんだねえ」

「ああ、そうだねえ」

絹子も、貧しい長屋の窓の外の空を見上げた。


「一九四〇年　幻の東京オリンピック」

小学校五年生だった絹子とヨネちゃんが校長先生の「人見絹枝」の話に感動して、二人で走り始めてからもう三年の月日が流れていた。しかしその三年間を思い起こし、そして傍らのヨネちゃんに目をやると、絹子は自分たちがこれまで何に向かって走っていたのかわからなくなってしまう。今、ヨネちゃんは金メダルどころか、近所の散歩すら難しい状態なのだ。

絹子自身は、女学校の陸上部でどんどん頭角を現しはじめて、敵性語でひっそりと、「シルク・ド・リリー」という異名を持つまでになっていた。しかし、ヨネちゃんにはとても言えないけれど、これだけ走っていても、もうオリンピックという言葉には、かつてのような実感はなくなっている。

確かに走ることは好きだし、きっとそれが自分の唯一の特技だとも思う。おまけに人に負けるのが嫌いだから、目の前のニンジンを追いかける馬のように、立ち止まって考えることもなく、前の人の背中を追ってひたすら走ってきたのだ。

しかしそれは、オリンピックで金メダルを獲りたいというのとは少し違うような気がする。

(それにそもそも、その次のオリンピックなんかあるんだろうか)

傍らで背中を丸めて膝を抱えているヨネちゃんは、泣いて目が真っ赤になったのと、肌が青白くなったのとで、まるで青鬼の子どもみたいだ。痩せてもともと小さな身体がさらに小さくなって頼りなく、絹子は見ているだけで胸が詰まる。

「キヌちゃん、もううちはオリンピックには出られんかもしれん」

ヨネちゃんは、これまで聞いたことのないような情けない声でつぶやいた。

「そんなこと言わんで。ヨネちゃんらしくないよ。まずちゃんと養生して元気になってよ。ヨネちゃんがいないオリンピックなんかわたしも出たくないもん」

「うん」ヨネちゃんは、コクリとうなずいた。

一九四一年（昭和十六年）の真珠湾攻撃で、日本は太平洋戦争に突入した。

体育教師である仲宗根先生や一中の学生たちは、そうなると女の子と駆けっこなどしている場合ではないから小学校での練習は取りやめになったが、絹子の女学校はまだかろうじて平時の穏やかさで、陸上部の練習も続いていた。

戦時下では、贅沢《ぜいたく》な品から歌舞音曲、敵性文化、いろいろなものが規制されたが、体育はむしろ奨励され、女子といえども、それは例外ではなかったのだ。

絹子は練習から家に帰って鞄を置き、食糧事情が悪くなるのに備えて飼っている鶏の卵を持参して、ヨネちゃんの家を訪ねるのが日課になっていた。

医者に結核と言われて一年半後には、ヨネちゃんはもう咳ばかりして、起きているより三畳の小部屋の粗末な布団《ふとん》で寝ている方が多くなっていた。

絹子が訪ねる夕方の時刻には、ヨネちゃんの両親と上の弟は仕事に出ていて、家の中はいつも、小学生になった下の弟のヒロシが、残る一間で卓袱台に教科書を広げて勉強していた。昔はあんなににぎやかだったヨネちゃんの家が、今は聞こえるものといえば、ヨネちゃんの咳の音ばかりである。

しかし、夕方、耳の遠い母親が近所の店の手伝いから帰ってくると、その大声で家の中は一気に家庭らしい活気を取り戻した。

母親は、「キヌコサンカイヌーガラアレー　ワンヤ　オクサマンカイ　ヌーンディイイレーシムガ（絹子さんに何かあったら、わたしは奥様になんて言えばいいの）」と怒鳴りながら絹子をヨネちゃんの布団から離すようにしていたが、絹子がヨネちゃんの髪を梳《す》いてやったり、二人が姉妹のように仲良く歌っていたりするのを見ると、ふいに涙ぐんでガバッと絹子の手を握ったりもした。

ヨネちゃんははじめの頃は、女学校での練習のことを聞きたがり、絹子の話に「へえ」とか「アイヤー」とか驚いたり、目を輝かせたりして、「うちも良くなったら見に行きたい」と言っていたが、そのうち「伝染《うつ》るから近寄らんで」と、片手で顔をおおい、もう片方の手で絹子を払うようになった。その手首の細さに驚いて、絹子は泣きたくなった。

「わたしは身体だけは丈夫だから、ヨネちゃんの病気なんか伝染らんよ」と言っても、「大事な大会があるんだから、うちから伝染って負けたら、うちがくやしい」と咳をするたびに布団を引っ張って顔まで覆う。

「わたしたち、ずっと一緒だったんだから、ヨネちゃんの病気が伝染ってもわたしはかまわんよ」絹子は泣いた。「わたしに病気伝染して、ヨネちゃんが治るんだったら、伝染してもいいよ。わたしなら結核なんか平ちゃらなんだから」と言って二人でとめどもなく涙を流したりもした。

ある日、ヨネちゃんの家を訪ねたら、母親が出てきて戸口に立った。

「キヌコサン、ワッターヨネコーガ　チューヤキヌコサノー　ヤーヌナーカンカイヤ　イリーンナンディィイチョーン　キヌコサノー　アチャーヤヌーガラ　マギサルタイカイヌアンディイーサミ。チューヤ　ウヌママ　ケーティトウラサンナー（絹子さん、米子《よねこ》が今日は絹子さんは家の中に入れんでって言ってるのよ。明日は大事な大会なんでしょう。米子のいうこと聞いて今日は帰ってちょうだい）」

「オバサン、そんなこといいから、ヨネちゃんに会わせて」と頼んでも、ヨネちゃんの母親は顔をゆがめて大きく首を振る。

「ヨネちゃん！」と戸口で叫ぶと、「キヌちゃん！」と向こうも弱い声で叫び返した。「ごめんネ、キヌちゃん。うちは今日はこれから『丸山号』にアイスクリームを食べに行くから、キヌちゃんと遊べないよ」と言う。「そんなこと言って……。じゃあ、いつなら遊べるの？」と絹子が怒って聞くと、「明日、キヌちゃんが金メダル取ったら一緒に遊ぼうね」とヨネちゃんは言った。


次の日、絹子は渾身《こんしん》の走りをした。

今日が最後の走りになるのではないかと、絹子は思っていた。

（もうどうせオリンピックなんてこないだろうし、ヨネちゃんも二度と走れないだろう。だからこれはわたしとヨネちゃんのオリンピックなんだ。そのためには、一着になって金メダルを取らないとオリンピックとは言えないんだ）

競技は沖縄県下では有数の規模を誇る奥武山《おうのやま》運動公園でおこなわれた。

歓声のなか、絹子はグラウンドに立った。緊張に身体が震えたが、心は落ち着いている。目を閉じて肌に感じる風だけに意識を集中していると、震えは止まった。

競技開始を告げるマイクのアナウンスに混じって、「キヌちゃーん、がんばって！」という仲間たちの声も聞き分けられるほど、意識は研ぎ澄まされている。

スタート位置につくと、それまでの騒音がピタリと止《や》み、頭の中がシーンとした。心臓がドクドクと高鳴る以外は、何も聞こえない。

絹子がヒタと目を上げたのと、スタートのピストルが鳴るのはほぼ同時だった。

はじめは四位につけたが、絹子は落ち着いている。（ヨネちゃん、待っててよ）と心の中でつぶやきながら、絹子は自分のすぐ前の背中を見つめた。三位と二位を抜くのは何でもなかった。しかし、一位の背中にはまだ距離がある。足が重くなり、心臓はバクバクとそのまま破れて口から飛び出すのではないかと思った。しかし、前の人も同じように苦しいということを絹子は知っている。

（あの人にできてわたしにできないはずがない。同じ人間なんだ）

前の背中が近くなったぶん、足が重くなった。絹子は仲宗根先生の言葉を思い出す。

「足が重くなったら腕を振れ」ヨーシと絹子は腕を振る。ヨネちゃんの顔も思い出す。

（ヨネちゃんに報告しに行かなければいけないんだ）

みんなの歓声が今は怒濤《どとう》のように激しくなっている。

ワーワーという声が背中を押す。一位の人を抜いても、絹子は走りを緩めない。

ここまではわたしのぶん。ここからテープまではヨネちゃんのぶんだ。歓声は狂ったようになる。耳鳴りがする。もう、耳鳴りなのか歓声なのかわからない。ああ、わたしは今、いつもの自分の走りを超えた世界にいるんだなと絹子は知る。足のだるさは嘘のようになくなり、最後の数歩はまるで空を走っているかのように自由だ。

そこは間違いなく、絹子の未知の領域だった。


テープを切った瞬間に絹子はその場にくずおれた。

結果は、大きく二位に差をつけた絹子の優勝だった。

絹子は放心したままその場で動けずにいた。

観客たちは大歓声で興奮し、陸上部の仲間たちは狂ったように何か口走りながら絹子に抱きつき、陸連の人たちは慌ただしく走りまわっている。

これが話に聞く幽体離脱というものだろうか、全ての音が消え、自分の心がすーっと身体から抜けだして、倒れている自分とその周りを取り囲む人たちが、まるで映画でも見ているように、上の方から見えていた。

「よくやった！　日本新記録だ！」「記録が出たぞ！」と興奮して口々に叫ぶ声を、絹子は薄れていく意識の中で聞いていた。

ほんの一分やそこいら絹子は気を失っていた。その間、絹子は海中で溺れている夢を見ていた。手足が錘《おもり》でもつけたかのように重く、泳ごうとしても身体がいうことをきかない。もがけばもがくほど手足は重くなるばかりなので、泳ぐのをあきらめて身体全体の力を抜くと、まるでクラゲのように手足がユラユラしたままはじめは静かに海の底に沈んでいく。あまりの気もちよさにウットリしていると、「キヌちゃん、キヌちゃん」という自分を呼んでいる声が聞こえてきた。あ、ヨネちゃんだとあわてて上を見上げると海上から一筋の光りが差し込んできた。ヨネちゃん、とつぶやいて水中に足を蹴って海面に出たところで絹子は現実に戻った。

ヨネちゃんだと思った声は陸上部の仲間たちの声だとわかった。

それから運動場で大の字になってノビている絹子の周りに、いろいろな人たちが入れ代わり立ち代わり激励に現れ、ぐったりしている絹子の手を握ったり肩をたたいたりしていたが、少したつといつのまにか誰もいなくなっていた。

　みんなどこへ行ったのだろうとボンヤリ考えていると、かなりあとになってヒッソリと部長がやって来て、言いにくそうに記録係のストップウオッチが壊れていたと伝えた。しかしそれを聞いても、絹子にはどうでもいいことのように思えた。

　スカーンとぬけた夏の終わりの青空を見上げて、「わたしとヨネちゃんのオリンピックが終わった」と思っただけだった。


　回復にかなりの時間がかかって遅くなったが、絹子は家まで送っていくという先生の申し出を断って、まっさきにヨネちゃんの家を訪ねた。

　長屋の前に行くと、いつも卓袱台で勉強しているヒロシが、教科書を胸にボンヤリ戸口に立っていた。

「ヒロシ、なんで中で勉強しないの?」と絹子が声をかけると、ヒロシはやはりボンヤリしたまま絹子に寄ってきて、「ねえちゃん、死んだよ」と言った。

　おばさんが、怒鳴るように激しく泣いているのが聞こえた。

秋

カレンダーを真に受けて「秋」だとホッとしてはいけない。十月になっても十一月になっても、なかなか沖縄に秋は来ない。代わりに必ずやって来るのは台風だ。

少し前まで、沖縄では「台風」と言わずに「暴風」と言っていた。「今度のは大きいらしい」というニュースが流れると人々は目を輝かせ、街中がソワソワする。「農家は大変よねえ」と言いながらも、内心は楽しいのだ。必要がなくても、一家全員で車に乗ってスーパーに買い出しに行く。たった一日のことなのに。

避難勧告が出ても避難などしない。停電するまで家族で食卓を囲んでテレビの台風情報を見るのだ。家は少し揺れるくらいのほうが楽しい。

不思議なことに、かなり大きな暴風でも、それで死者が出ることはめったにない。台風を楽しむことにかけては、みんな達人なのである。

台風が沖縄本島に最接近するのは次の日の昼間という予報なのに、すでにその日の夜半から、街にはすさまじいほどの風雨が吹き荒れていた。

ここ「がじゅまる」でも、風がガラス戸を激しくたたき、どこから洩《も》れ入るのか、ときどきゴーゴーという外の風の音も聞こえてくる。

深夜の一人勤務の久貝は、三階中のすべての戸締まりをチェックしてから、五階の夜勤スタッフと一緒に外に出て、駐車場に危険な飛来物がないか確認し、それが終わって建物の中に入ったら、一階玄関の内側から浸水に備えてボロ布を詰め、玄関の床いっぱいに新聞紙を敷いた。敷き終わって屈んだ姿勢から立ち上がったとき、せっかく治りかけた腰がズキンとしたのが気にかかった。

全身びしょ濡《ぬ》れになったので一階のロッカーで乾いた服に着替え、タオルで髪を拭きながら三階に戻ると、すでに起きてきた亀吉が、「何か手伝おう」と食堂で待ちかまえていた。

「力を合わせたらできないことはありませーん」と言う亀吉と二人で、停電に備えて懐中電灯の電池を確認しているところに、絹子の部屋のセンサーが点滅して信号音が鳴った。

「がじゅまる」の入所者たちの個室は十畳ほどの洋室で、室内に小さな洗面所があるが、転倒防止のため、トイレや浴室は部屋の外の共同のものを使う。

そして同じ理由で、ベッドの下のマットにはセンサー機能がついていて、夜の八時から朝の六時までの間にそのマットを踏んだら、食堂脇のスタッフ詰め所にあるモニターに信号音が鳴り、当番は安全確認のため部屋に行って声をかけることになっている。意識も身体も覚醒していない深夜から早朝にかけての時間帯の移動が、老人にとってもっとも危険だからだ。

絹子の部屋の信号音が鳴ったのは、早朝の五時半だった。

亀吉を食堂に残して久貝が部屋をのぞいたら、ズボンを半分脱ぎかけた絹子が突っ立っていて、下半身がびしょびしょに濡れていた。はじめは不思議そうにキョトンとしていた絹子は、久貝と目が合った瞬間にけたたましい声をあげた。

「キャー!」

「わー!　何よお!　絹子さん!」

一瞬、絹子と一緒に飛び上がった久貝は、我にかえってすぐに絹子の粗相に気づいた。介護付きの老人ホームで働いていると、粗相などにいちいち慌てることはない。

「あー、絹子さん、トイレ間に合わんかった?　待って。待って。そのまま動かんでよ」

ゆっくり声をかけながら近づく久貝に、絹子は金切《かなき》り声をあげる。

「なんで、なんで濡れているの？　来ないで。来ないでよ。触るな、触らんで。わたしに何をしたの？　わたしじゃないよ！　なんねえ、コレ、アンタがやったんじゃないの！」

「絹子さん、落ち着いて。転ぶよ。そのまま。そのまま」

「アンタがやったんだ！　わたしじゃない！」

「無茶言わんで。ぼく、絹子さんのオシッコなんてしてないよ。アイ？　ワン、ヌーアビトールバー（あれ？　ぼく、ナニ言ってんの？）とにかく、絹子さん、そのまま立っていてよ。ぜったいに転ばんでよ」

　そのとき、騒ぎを聞いて駆けつけた亀吉が引き戸からヒョイと顔を覗かせたが、「あ！」と叫んで、そのままあわてて引き戸を閉めた。

　久貝は錯乱している絹子にソロソロとようやく近づき、落ち着かせようと肩に手をかけるが、絹子はその手を払いのけさらに激しく抵抗する。

　その間にも、吹きすさぶ風雨の音に混じって雷鳴まで轟いた。

　久貝が男だったことも、さらに事態を悪化させたようだ。強烈な稲光を浴びて鬼の形相になった絹子は、何やら大声で泣き喚《わめ》きながら久貝を罵《ののし》り、ズボンを脱がせようとしようものなら、とても九十歳近い老女とは思えない力で殴《なぐ》りかかってくる。

　あまりの絹子の興奮に転倒を心配した久貝は、とりあえず絹子をベッドに抱え込んだが、その弾みで腰を捻《ひね》ってしまい、「アガー！」と大声で叫んだ。自分も半泣きしながら、片手で猛然と暴れる絹子を抑え、残ったもう一方の手で無線を使って二階の当直に応援を求める。

応援がきたころにはもう部屋の前に数人の老人が集まっていたが、亀吉が、「みなさーん、そっとしておいてあげてくださーい！」「見世物《みせもの》ではありませーん」とうるさいので、みんなまたノロノロと自分の部屋に引き上げていった。

その後も騒ぎはしばらく続き、シーツやら何やらを抱えた久貝が、腰をかばった妙な歩き方で出たり入ったりしていた。

「こんなところに来たからダメになったのよお」と叫ぶ絹子の悲痛な声が、三階中に響いていた。

七時前に騒ぎは完全に収束した。

台風は予報通り、その日の昼いっぱい暴れまくって、夜になって少し収まった。

老人たちは胸騒ぎでもするのか、ふだん部屋に閉じこもりがちな者まで食堂に三々五々出てきて、テレビの街の中継画像に見入ったり、ガラス越しに公園の木々がざわめく様子をながめたりしていた。

その日は結局、絹子はトイレに行く以外、部屋を出てこなかった。オムツを拒否していつもの尿取りパッドだけの絹子は、再び粗相するのを恐れてか、暗い顔で頻繁《ひんぱん》にトイレに通った。

朝食は腰痛をぶり返した久貝が、腰を曲げてソロソロとお膳を部屋まで運んだが、お膳はまったくの手付かずで戻り、久貝は一瞬の台風の隙を狙って、急いで帰っていった。

昼食は久貝と交替した日勤の知念がやはり部屋まで運び、これには少し箸がつけられていた。幸いなことに、昼は絹子の好物のカツ丼だったのだ。

知念がお膳を下げて絹子の部屋を出てくると、千代が廊下に立っていた。

「絹子さん、食べないの？」と、千代が聞く。

「うん。食欲がないみたいだね」

「早く食べないと腐るよ」千代の目は丼に釘づけだ。

「千代さん、食べたいの？」

「……うん……食べてあげてもいいよ」

「でも千代さん、さっき自分の食べたでしょ、今、こんなの食べると夕飯が食べられなくなるよ」知念が言うと、千代は泣きそうな顔になる。

「じゃあ内緒だよ」と知念が小さなカツを二切れほどあげると、千代は嬉しそうににっこり笑った。

知念は千代がカツを飲み込むまで、「よく噛んでよ」と何度も言いながら、見ていた。

次の日は昨日までの暴風が嘘のようにカラリと晴れた日で、普段は月に一度くらいの割合でやってくる絹子の姪の知子が、事務長の呼び出しを受けて駆けつけてきた。

小太りの知子は「すみません」「すみません」と言いながら、ふうふうと息を弾ませて、事務所の隣にある小さな応接室に入っていった。

少し遅れて入室した事務長の新垣直人《あらかきなおと》は、あわてて立ち上がろうとする知子を手で止めた。

事務長といっても背広やネクタイで身を固めているワケではなく、沖縄のサラリーマンの定番であるかりゆしウエアだから、もともと童顔の新垣はせいぜい入社十年かそこいらの銀行員くらいにしか見えない。

職業柄、時おり他人の家の事情に立ち入らざるを得ないことになる新垣はそれを気にして、妻に笑われながらも最近鼻の下に髭を蓄え始めたのだが、まだその髭が不揃《ふぞろ》いでイビツなため、人と会うたびに相手が自分の鼻の下ばかり見ている気がして、内心落ち着かない。

新垣はひとつ「コホン」と咳をして、自分も知子の向かいに腰かけた。

「この度は、また伯母がお騒がせしたようで申し訳ありません」

「いやいや、こちらこそ、急にお呼びたてしてご足労をおかけしました」

新垣が改めて今朝の出来事を報告したが、知子はハンカチを顔に当てたまま、じっとかしこまっている。

「失禁のことは年を取ればどなたにだってあることなので、そんなことはお気になさらないでください。それより問題は今後のことなんですよ」と新垣は言った。

「はあ……」

「今のところ絹子さんはオムツを拒否しています。本人のショックも大きかったようだし、微妙な問題でもあるので、こちらとしてはしばらく様子を見ることにしてもいいのですが。ただあんなにしっかりした人ですからね、今度は失敗をしないようにと考えているんでしょう。あれからずっと水分を取ろうとしないんですよ。食事のときのお茶も飲もうとしません」

「はあ」

知子は曖昧にうなずく。

「あのですね、そんなことが続くと血栓ができやすくなるんです。血がドロドロになってしまうんですね。またずっとソワソワして、トイレにばかり通っているのも心配なんです」

「……はあ」

「昼間はまだいいとしても、夜間もそんなにトイレばかり気にしていたら睡眠不足になってしまうでしょう？　睡眠不足が続いたら頭がボーッとして、今度は転倒の危険が出てくるわけなんですよ。転んでも打撲ですめばまだいいんですが、骨折でもしたらオオゴトですし」

徐々に事態が飲み込めてきたらしい知子が、心細そうに尋ねた。

「……あのう……もし最悪、骨折した場合とかでも、そのままこちらでご厄介になることはできるんですよね？」

新垣は心の中でため息をついた。それらの規定は家族に前もって説明してあるし、契約書でも明示してあるが、その内容をきちんと把握している人は少ない。みんな入所できたことでホッとして、契約書の中身まで気がまわらないのだ。

「残念ですが、うちは医療施設ではないので、看護師はいても、それはあくまでお預かりしているお年寄りの健康管理のためなんです。もちろん何かあったときの応急処置はしますが、それ以上の医療行為はできないんですよ。これは骨折に限らず、病気の場合も同じです。血圧が高いだけでしたら、もちろんここから通院して薬をもらうことになりますし、薬の管理もこちらでおこないます。だけどそれがひどくなって脳梗塞や脳出血を起こした場合は、やはり検査や治療ができる病院に移っていただくということになります。風邪《かぜ》をこじらせて肺炎などになった場合でも同じことです」

「はあ……」と、知子はボンヤリした顔でうなずいた。

事務長の新垣にも知子の不安はわかった。一人暮らしの老人に施設に入るよう説得するのも大変なことなら、役所に相談して適応する施設を探し、必要書類を揃えて入所までこぎつけるのも、決して簡単なことではなかったはずだ。そうしてやっと辿り着いた老人ホームでさえも、また終《つい》の棲家《すみか》ではないのだ。

一瞬でポックリと逝かない限り、病気になった老人たちは治療のため病院へと回されることになる。それだけではない。入院が長引くと、せっかく確保していた老人ホームの部屋まで失うこともめずらしくはないのだ。そしてその病院すら、いつまでもいられるわけではない。

今の医療制度では、完治していようがいまいが、三ヵ月経ったら出ていかなければならない。病院にも残れず、老人ホームにも帰る部屋がなく、またすべてが一からやり直しということにもなりかねないのだ。

知子の表情は、ますますボンヤリしていく。

「まあ、今の段階ではそこまで心配することもないでしょうが、前もって危険を回避するに越したことはありませんからね」

「あ、はい」

「そこでですね」と新垣は本題に入った。

「来ていただいたのは、お身内の方から絹子さんにオムツ使用のことを話しておいていただきたいということなんです。今、お話ししたように、ほんとうならすぐにでもオムツに切り替えたほうがいいとは思うんですが、本人が嫌がっているのを無理やりオムツにするというのも施設としては難しいんですよ。で、ぜひご家族の方から説得していただきたいんです」

「はあ……」

「いかがでしょうか」

知子はおずおずと顔を上げた。

「そういうことでしたらもちろん、話してはみますが……あの気丈な伯母が、素直にわたしなんかの言うことを聞いてくれるかどうか……」

どういう係累の姪なのか、細面の絹子と丸顔の知子は見た目もまったく似ていないが、それ以上に性格も違っていそうだ、と新垣は知子を見て思った。

絹子が老いてなお堂々として見えるのに比べ、知子は気弱な印象で、話の端々から絹子を畏《おそ》れている様子もうかがえる。

「そうですか。ではわたしも近くで待機しましょう。揉《も》めるようでしたら、わたしからもお話ししますよ」

それから二人は一緒にエレベーターに乗り、三階の絹子の部屋の前で別れた。

時間にして三十分くらいだろうか、新垣が詰め所で赤嶺と話している間に、絹子の部屋の戸が開いて知子が出てきた。

知子は新垣に、「伯母も、オムツでいいそうです。みなさんのお手数を増やすことになると思いますが、よろしくお願いいたします」と報告し、赤嶺や久貝にも頭をさげたが、どこか元気がない。

一階に降りるまでのエレベーターの中でも、知子は悄然《しょうぜん》としていた。

「あんなに気弱な伯母を見たのは初めてです。オムツの話なんかしたら、怒鳴りつけられると思っていたのに。わたしの話におとなしく、うん、うんって言うだけなんです。まるで人が変わったみたいで」

エレベーターを出て廊下を歩きながらも、知子は独り言のようにポツリポツリと話し続け、新垣もそれにつきあって一緒にノロノロと歩く。

「……年を取るって、いったいどこまでひどくなっていく自分に我慢しなきゃいけないんでしょうか。最初はいいんですよ、たとえば白髪なんかは。老眼もいい。白内障もしかたない。でもそんなこと笑い話にしているうちに、膝が痛くて注射するようになって、それが杖になって、杖が車椅子になって、その間にどんどん物忘れがひどくなって、とうとうオムツになって……長生きするってことは、結局そういうこと全部に慣れていかなきゃならないってことなんですよね。で、ようやくオムツに慣れたと思ったら、今度はまたきっとその先があるんでしょう？　今でもひどいのに、この先もっとひどくなるのがわかっていて、それでも長生きする意味ってあるんでしょうかね」

新垣は知子を見た。

「あ、わたし、なんかひどいこと言ってますよね。でもですね、伯母を無理やりここに入れたのは姪のわたしたちなんですよ。伯母の生活が遊びに行くたびに少しずつ荒れていくみたいで、伯母には子どもがいないから、わたしたち親戚の者が代わりにやってあげるべきだと思ったんです。でも、今、あんなに弱々しくなった伯母を見ていると、それがほんとうに良かったのかどうかわからなくなってしまって。あ、すみません、もちろん、こちらでとても良くしていただいているのはわかっているんですよ、ほんとうに感謝してます。でもですね、もしかしたら、自由を奪ってまで長生きさせるより、孤独死しようが栄養失調になろうが、あのまま伯母の好きにさせておいたほうが良かったってことはないだろうかって思ったんです。だって伯母は、そうさせてくれって、ずっとわたしたちに言っていたんですから」

新垣は何か言いかけて、口をつぐんだ。それは若い新垣も、時おり考えないでもないことだった。

老人たちの余生は、なかなか本人の望むようにはならない。

日常生活に介護の手が必要になったとき、家族に代わって、「がじゅまる」のような施設が必要であることは事実だし、その施設で働く者として、自分たちは入所者やその家族の気もちにそって、精一杯努力しているという自負もある。

実際、そのシステム自体を否定すると、共稼ぎの多い沖縄ではすぐにたくさんの家庭が崩壊し、独居の老人はとたんに生命線を断たれてしまうだろう。

軽度の障害なら在宅での訪問介護も有効かもしれないが、障害が進むと週に何時間という訪問だけでは、とても老人たちの生活は守れない。

しかしそのような健常者側の理屈はともあれ、老後になってこれまで慣れ親しんだ生活に別れをつげ、施設に入ることを頑として拒む老人が多いのも事実である。

「飢え死にしてでも住み慣れた自分の家で過ごしたい」という老人に、自分たちはどう説得することができるだろう。「これがあなたのためなんだから」という言葉はあまりにも空虚だ。

しかしそれでも、さっき知子が口にしたように、本人が望むからといって年老いた絹子を一人暮らしのアパートに置くなどということは、危険すぎて介護施設の職員である事務長として、とても相槌《あいづち》の打てることではなかった。

知子の気の重そうな太った背中が去っていくのを見て、どうして「あなたは間違っていませんでしたよ」と、言ってやらなかったんだろうと、新垣は後悔した。と同時に、それが言えなかったのは、やはり自分自身もまだ釈然としない何かがあるからだとも思った。

新垣個人に関していえば、たとえば、人生終わりに近い日々の三度三度の食事の食器が、たとえ安物でも愛着のある我が家のご飯茶碗から、施設備品のプラスティック容器に変わることだけをとっても、切ない気がする。

「プラスティックの容器にするのは、何も経費の問題や管理する側の合理性だけの話じゃない。手の筋力が弱まったお年寄りには陶器の茶碗は重すぎるのだ」という言葉は、確かに理屈は通っている。新垣も人に聞かれたらそう答えるだろう。しかしそれでもやはり、自分だったら、と思ってしまう。

そうした侘《わ》びしさを感じなくてすむのには、知子が言ったようにやはりそれに「慣れる」しかないのだろうか。プラスティックの茶碗に慣れ、団体生活に慣れ、オムツに慣れ、老いたあとに自分の身に起こる変化のすべてに慣れる。

十年たっても、うまく対処できないことはある。鼻の下に立派な髭があろうがなかろうが、それはまったく関係のないことだった。

一方の知子も、暗い気もちで駐車場に向かい、運転席に座ってからもしばらくはエンジンをかけずにいた。

やはり自分たちが強引すぎたのではないだろうか、と考えてしまう。

「なら、どうすればよかったのよ?」と従姉《いとこ》のカオルなら割り切ってそう言うだろう。確かにそれはその通りなのだが……。

「がじゅまる」に入ってからも、知子たちは面会のたびに絹子に「早くこんなところから出してちょうだい」と訴えられていた。

そして、そのたびに知子たちは、「だって絹子おばさん、ここにいるほうがラクでしょう? ご飯も作らないですむし、みんな親切にしてくれるし。寂しくないし。一人暮らしよりよっぽど安心でしょう」とか「そのうち慣れるよ」などと、ごまかしたり宥めたりしていただけで、真っ向から絹子の話に耳を傾けたことなどなかったように思う。絹子にとって、それが一番良いのだと決めてかかっていたのだ。

しかしもし、自分が年を取って自分のことができなくなって、同じことを子どもたちから言われたら、果たしてそれで納得できるだろうか。

(でも絹子おばさんの場合は、我が家といっても一人暮らしだったんだから)と気を取り直しかけて、知子は前に何度か、外出先から絹子を家まで送って行ったときのことを思い出した。絹子はマンションの鍵を開け部屋に入るときにはいつも、壁の電気のスイッチを押して、パッと明るくなった無人の部屋に、まるで待っている人でもいるかのような口調で「ただいま」と声をかけていた。一人暮らしではあっても、四十年も暮らしたあの部屋は、絹子にとってはやはりホッとできる「我が家」だったのだ。

重い気分を振り払うかのように、（もう今さら遅い）と知子は心の中でつぶやいた。どちらにしろ、絹子の部屋はもうとっくに処分してしまったのだ。

ハッとして時計を見ると、もう娘を塾に連れて行く時間になっている。

（そうだった、そうだった）と頭を切り替えようとしても、知子の気もちは明るくならない。

娘はもう塾に行きだして一年が過ぎているのに、ちっとも成績が上がらない。何かをねだるときだけは愛想のいい顔をしているが、ふだんは仏頂面だ。塾への送り迎えも、親なんだから当然だと思っているらしい。

知子はシートベルトを締めエンジンをかけながら、あの娘《こ》はわたしが老いたとき、いったい何と言い出すだろうかと、ふと思った。

八十歳を超える辺りまで、絹子の一人暮らしは快適なものだった。五十歳で夫に死なれて一年ばかりはメソメソしていたものの、「死んだ者はしかたない」とキッパリあきらめがついてからは一転、「一人暮らしとはこんなに気ままなものか」と、目からウロコが落ちる思いであった。

一番に感動したのは「自由」だ。夫のために早起きして朝食を作る必要もなければ、世間通りの時間に合わせる必要もない。好きなときに起き、好きなことだけして眠くなったら寝る。

結婚して二十余年、偏食の夫に合わせて献立に苦労したことや、夫の亡くなる三年ほど前から始まった食事療法で、栄養士に教わりながら三度三度手のかかる料理を作っていたことなどを考えると、自分のお腹だけ満たせばいい独り者の食事のなんと気楽なことか。

経済的な不安はなかった。夫が遺《のこ》してくれた株の配当金と年金を足すと、贅沢なことはできないまでも、趣味を楽しみながら老後を過ごすくらいのことはできるはずだ。

実際、絹子は趣味には事欠かなかった。絵画や工芸、手芸と一度始めたことはどれもトコトンやらなければ気が済まない気質だから、退屈するどころか時間を忘れて趣味の教室やら展示会やらに飛びまわり、気が向けば夜中までカンバスに向かうこともある。

夫には申し訳ないが、そのどれを取っても夫がいてはできないことばかりだ。

外出も、友人との食事や趣味の教室くらいなら前もって話せばできないことはないだろうが、それだってまず遠慮して三回の外出を一回にするだろうし、家に残る夫に不便がないよう食事を作ってから出るということになる。そうやってアレコレ気を使って外出したところで、帰宅時間を気にしながらのことだから、心もどこか落ち着かない。たとえ家にいたところで、夫を放って夜中まで絵筆を握るなどもっての外だ。

しかし今は、そうした煩わしさから一切、解放されたのである。

ときどき、教師時代の教え子たちの顔をなつかしく思い出してうっすら涙することもあったが、天職と思っていた教師を辞めたのだって、あのときは夫が病気だったからしかたがなかったのだと割り切ることができる。

また、その教え子たちもみんな一人前に成長してくれ、何か記念になるようなことがあったときのクラス会には、必ず連絡をくれて車で迎えに来てくれたりもするのだから、結果的にはそれで良かったのである。

それに何より、やるべきことはやったという自負があるからこそ、今こうして心置きなく自由を満喫できるのではないだろうか。

絹子はまさに「我が世の春」とばかりに自由を満喫していたし、そんな楽しい日々が、これからも続くと思っていた。

もちろん、現実にそんなことはあり得ない。八十二、三のときからだろうか、夫が唯一遺してくれた株の値がみるみる下がり始めたのとほとんど同時期に、絹子に物忘れが始まったのである。

始めの頃は人の名前が出てこないくらいのものだったのが、しだいに財布や通帳を失《な》くしたり、失くしたと思って失効手続きをしたら、すぐあとから出てきたりということが頻繁に起こり、二度手間、三度手間をかけさせた銀行やクリーニング屋などには、顔を合わせるのもバツが悪いくらいになっていった。

しかし、その頃はまだ（八十を過ぎたのだもの、この程度のことは誰にだってある）と自分の中で無理に片づけることができた。また、健康上の理由でメンバーがどんどん欠けていくクラス会で「あなたはいつまでも変わらないわね」と言われるたびに、心の中に染《し》みのように広がる不安を追いやることもできた。

しかし、調理をすると二度に一度は鍋を焦がすようになり、ゴミ収集の曜日を間違えてゴミをそのまま持ち帰るというようなことが何度も重なってくると、さすがの絹子も、憂鬱な気分になることがあった。

そんなある日のことである。月に一度の女学校時代のクラス会で、絹子が誰かの会費を預かったとか、そんな覚えはないとかの、ちょっとした行き違いがあった。メンバーもみんな年寄りだから「お互いさま」ということで、そんなことで騒ぐ者もいないし、揉め事が嫌いな絹子が、内心は不本意ながら二人分の会費を払ったから、その日はそれですんだ。

そして次の月のクラス会がやってきた。前回のことがまだ釈然としない絹子ではあったが、欠席するといかにも根に持っていると思われそうで、気を取り直して出かけていった。

しかし、運の悪いことに、会費を払う段になって今度は確かに鞄に入れたはずの財布がみつからない。友だちはみんなノンキに「わたしだってそうよ」と口々に絹子を慰めながら、「ああだった」「こうだった」とそれまでの自分たちの行動をみんなで寄ってたかって思い出し、ようやくそのレストランの階下の小物屋で絹子がハンカチを買っていたではないかという結論に辿り着いた。言われてみれば確かにそうで、財布はその店が預かってくれていた。

普通なら、そこでみんなで大笑いして終わる話である。

だが、もともとプライドが高いところに、このところの物忘れを気に病んでいた絹子は、自分の失敗をみんなと笑い飛ばすことができない。またそうして失敗をした絹子本人が暗い顔をしていると、みんなもそれ以上からかうわけにもいかず、会はなんとなくギクシャクしたまま散会となった。

そんなことが何度か続き、絹子はすっかり嫌気がさしてクラス会に出席するのをやめてしまった。悪いことに、クラス会だけでなく、三つある趣味の教室でも同じようなことが起こったのである。

「ふん、何よ！」と家に帰った絹子は、口に出してつぶやいた。若い人たち相手ならともかく、自分と似たり寄ったりの年代の友人たちに自分が劣るとは思えないから、よけいに腹が立つ。生まれてはじめて絹子は友人を恨み、罵っていた。

しかし、プンプン怒ったり、わざわざ口に出して悪口を言うのも、暗い疑念をいつまでも心に抱えているのが不安だからだということを、実は絹子自身もわかっていたのである。

「どうして来ないのよ」と当初は頻繁にかかってきた友人たちからの電話も、いつか来なくなっていた。

そんなクサクサした気分のとき、姪のカオルが訪ねてきたのである。

カオルは「ご無沙汰してます」の挨拶もそこそこに、部屋に入るなり鼻をクンクンさせて辺りを歩きまわり、「なんだろう、何か臭うよ」と言った。

「あんたこそナニよ、犬みたいに」絹子はあまりの不躾《ぶしつけ》にムッとしたが、カオルはそれにはいっこうにかまわず、疑わしい目つきでジロジロ居間のあちこちを眺めてから、やはり鼻をクンクンさせながら台所へ移っていく。

「うわっ！」という声に台所を覗くと、カオルが食卓の上のレジ袋を広げている。

「絹子おばさん、野菜が腐っているよ」と咎《とが》めるように絹子を見てから、今度は冷蔵庫を開けて、「あ、これもカビてる」「おー、こりゃもうダメだ」とハデな声を上げながら、勝手に次々と中身を取り出しはじめた。

「よけいなことしないで！　放っといてよ！」と絹子は金切り声で叫んだ。

なぜあんな大声を出したのか、自分でもわからない。自分で自分の大声に動揺した絹子は、ポカンとした顔で突っ立っているカオルを見て、思わず「ごめん」と謝った。

「いいって、いいって」と気楽に笑うカオルを見て、絹子の胸にまたムラムラと怒りが湧いてきた。

（この子はいったい何なんだ！　人の家に入ってきていきなり冷蔵庫を開けるなんて。親しき仲にも礼儀ありっていう言葉を知らないのか）とカオルに怒り、次にそんなカオルについ謝ってしまった自分にも腹が立った。

絹子はズンズンとカオルに近寄り、カオルの手にしたレジ袋を奪い取るようにして、「帰って！」と言った。「お願いだから、今日は帰ってちょうだい」

カオルは一瞬、躊躇したが、すぐに「ハイ、ハイ、ハイ」と首をすくめて「今日は絹子おばさん、ご機嫌斜めのようですね」と言って玄関に向かった。

靴を履きながら、「でも、そんなの食べたら、ホントお腹こわしちゃうからね」という声に、「どうぞ、わたしのことはご心配なく！」と絹子も返した。

一度閉めたドアを開けて、ヒョイと顔をのぞかせ、「また来るからね」とニヤリと笑ったカオルが面憎かった。

（人をバカにしている）カオルが帰ったあとも、怒りはすぐには収まらなかった。キャベツの腐った葉を一枚一枚捨て、ニンジンのカビの部分を包丁で削り取り、ヌメヌメした豆腐を水で洗って、タマナーチャンプルー（キャベツ炒《いた》め）を作った。

（ほらごらん、ちゃんと食べられるじゃないか）と意地を張ったように口一杯に頬ばって食べているうちに、不覚にもボロボロと涙があふれてきた。


それからの流れは早かった。カオルが来て一週間経つか経たないかで、今度は同じく姪の知子とミドリがやってきた。ふだんめったに顔を見せない姪たちがこうして立て続けに来ることに、絹子は警戒した。

案の定、二人は要介護認定の申請書を持参してきたが、ここで感情的になったら、「伯母さん、やっぱりオカシイよね」と陰で言われかねないと思った絹子は、努めて冷静に振る舞い「確かに物忘れはしょっちゅうだけど、まだ人の世話にはならないよ」とやんわり断ったが、二人も「無駄なら無駄で安心できるじゃない」と言ってなかなか引き下がらない。

そんなやりとりを何度か繰り返しているうちに根負けした絹子は、ついに「どうせ無駄だと思うけど、アンタたちがそこまで言うなら受けるだけ受けてみるよ」と言っていた。よもや、それから一年半も経たぬうちに老人ホームに入るようになろうとは、そのときの絹子には思いもよらない。

楽観視していた要介護認定で、絹子は「要支援二」の認定をもらった。

要介護認定は、役所から調査員という中年の女が来て、絹子の側からはカオルと顔見知りの地域の民生委員が立ち会った。調査員はともかく姪たちにも、しっかりしたところを見せてやろうと、絹子は前日から部屋を片付けて茶菓子なども準備し、余裕のある笑顔で全員を迎えた。自己紹介のあとの雑談では、長年教師をしていた経験から「沖縄の児童の学力低下問題」についての自分の見解を披露し、質問された生年月日や現住所などもスラスラ答えた。

「やって見せてください」と言われた、ベッドからの起き上がりや風呂場での動きなども難なくこなし、そのたびに調査員も、「ほおう!」といちいち感心してみせるから絹子もだいぶ気を良くしたところで、不意打ちのように、「昨日は何をしていましたか」と聞かれた。

絹子は最初は焦り、そのあとは心を静めて考えたが、昨日どころか今日の朝のことすら答えられなかった。

物忘れが話題になったところで、カオルが待ってましたとばかりに、「鍋を焦がす」「同じものを二度も買う」「洗濯した物としていない物の識別ができない」と言い出し、そこからどういう流れでそんなことになったか、気がつけば絹子は聞かれるままに、「アイロンで畳を焦がしました」「昼夜逆転することもあります」などということまで話していた。

しばらくして送られてきた「要支援二」の通知に、絹子は落胆したが、姪たちは「やった！」と喜んだ。

聞くと、喜んでいる理由は、「このサービスで一人暮らしの不便が解消される」「今は何ともなくても将来的に必要になれば、安い値段で部屋の中に手すりをつけてもらえる」とかということらしい。一人暮らしを支援するのがそのサービスの目的で、認定を受けても「強制」ではないから、気が進まなければサービス自体を断ってもかまわないということだ。

（そんなに悪い話ではないかもしれない）と、絹子は気を取り直した。

実際、絹子が欲しいのは、公共のサービスでもなければ他人の親切でもなかった。「これまで通りの気ままな一人の生活」、ただそれだけである。それを確保するためなら、そしてそれでお節介な姪たちが納得するのなら、めんどうでも多少のサービスは受けてもいいかもしれないと絹子は思った。

そう考えると、姪たちを見る目も少し変わってきた。この娘たちもこの娘たちなりに、一人暮らしの伯母を案じてくれていたのだ。それをうるさがってばかりいた自分の身勝手さこそ反省しなければならないのかもしれない。

急にしんみりした気もちになった絹子は、奮発してお寿司の出前をとった。


次の週には、さっそく知子がケア・マネージャーという人を連れてやってきて、「せっかくだから」とデイ・サービスの手配をした。

翌週、絹子は気乗りがしないながら下に降りて、マンションの玄関まで迎えに来るというデイ・サービスの小型バスを待った。

約束の時間通りにバスが来て、若い女の子が笑顔で手を大きく振って絹子を迎えてくれたところまでは、(もしかしたら、案外楽しい所かもしれない)とチラリと期待しないでもなかったが、バスの中を見たとたん、これから始まる一日を思って絹子はすっかり意気消沈した。どうにか話し相手になりそうな人はほんの一人二人で、あとはみんな生気のないボンヤリした表情の老人ばかりなのだ。

(なんで、わたしがこんな人たちと一緒にされなければならないのだ)

落胆と怒りで、絹子はバスに揺られながらも、自分の顔がどんどん強張っていくのを感じた。

そんなひねくれた気もちで参加しているから、着いた施設でも気分は晴れない。ゲームやレクリエーションはどれも簡単すぎて話にならないし、ライバルになるような強敵もいない。若いスタッフはみんな親切だったが、あんまり親切にされると年寄り扱いされているような気がするし、ほめられたらほめられたでバカにされているのではないかと思う。

それでも一応、最後まで平静を装って参加したが、家に帰るとドッと疲れて、「知子たちのお節介のせいで今日一日を棒に振ってしまった」とつぶやいた。

三回は我慢して通ったが、四回目からは行く気になれなかった。

「それなら」と知子たちが懲りずに申請した「介護訪問サービス」も、これまた他人が家に入って部屋中歩きまわるのに絹子の神経が耐えられず、二度も人を替えてもらった上に、ついには知子に電話してサービスを打ち切ってもらった。

その結果に姪たちはガッカリしたが、姪たちに勝手に振り回されたと思った絹子も激しく怒った。

「もうこれ以上、わたしにかまわないでちょうだい！」と絹子は絶叫に近いような声で、三人の姪に宣言した。

「わたしが焦がしたのはわたしの鍋だ。アンタたちのじゃないでしょう！」

絹子の激しい怒りの前に、姪たちはもうこれ以上なすすべもなく、しばらく様子を見ようと帰っていった。


それから一年、絹子は一人暮らしを続けたが、生活にもう元のような活気はない。外出はめっきり減り、テレビの前で一日中編み物をするような静かな暮らしになった、と言えば聞こえはいいが、緊張感がないぶん、生活の質もしだいに低下していったというだけのことである。食事は何日も前の残り物でもかまわないし、掃除もそのうちすればいいということになり、布団を干すのも面倒になった。

たまに眠気を覚ますように姪たちが押しかけてきて、そのときばかりは戦闘態勢に入るものの、それ以外は日々時が流れるのに任せたような暮らしである。

そんなある日、絹子は風呂の水を出しっぱなしにして階下に浸水させてしまった。管理人には盆暮れに付け届けを渡していたから、これまでは少々のことで文句を言ってくることはなかったが、今回は階下からの苦情も出ているし、修理に費用もかかることなので、管理人も放ってはおけなかったのだろう。絹子に厳重注意をすると同時に、保証人である知子にも連絡が行った。

慌てて飛んでいった知子に、管理人は遠回しに、「もう一人暮らしは無理なのではないか」というようなことを言ってきた。火事でも起こされたら困ると思ったのだろう。

そこから絹子の老人ホーム入りが具体的に話されたのである。

姪たちに無理やり説得されて再申請した要介護認定で、絹子は今度は「要介護一」と再認定された。これで「介護付き有料老人ホーム」に入所できる条件が整ったことになり、姪たちの説得にもいっそう力がこもった。

しかし、そのような状況になっても、絹子は三人の進言に激しく怒り抵抗した。もうかつてのように楽しいばかりの一人暮らしではないはずなのに、絹子は姪たちがあっけにとられるほどの激しさで、一人暮らしを守ろうとしたのである。

そうしてはじめは全力で施設入りに抵抗していた絹子であったが、結局、それまでの失敗を持ちだされたら言い返しようもなく、自分でも自信をなくしているところへ多勢に無勢で気弱になり、最後は根負けしてついに施設入りを受け入れた。しかし、それは絹子の中に後々大きな悔いとして残ることになる。

また一方の姪たちは、ようやく絹子を納得させたことに安堵したのもつかの間、手続きのために預かった通帳を開いて、顔を見合わせた。

死んだ伯父の遺産と、教師をしていたときの恩給で悠々自適に暮らしているとばかり思っていた伯母の財政状況は、思ったよりはるかに厳しいものだった。

まず、死んだ夫が唯一遺してくれ、それから三十年以上も絹子の生活を支えていた株の配当金が五年近く前からどんどん目減りし、絹子がついにシビレを切らして売り払ったのが、折悪《おりあ》しくちょうど底値の時期だったのだ。

そして、もっと姪たちを悔しがらせたのは、長年教師をしていた絹子が夫の看病のために学校をやめたのが、恩給がつく条件の期間のわずか半年前だったということだ。

姪たちは度重なる伯母の不運にため息をついたが、当の絹子は思い出しても悔しいだけの記憶などすっかり頭の中から追い払ってしまっているから、こと金に関してだけは我関せずという顔をしている。

入所手続きの書類を前に、姪たちは頭を寄せて考えた。

話は詰まるところ、貯金と絹子の寿命のどちらが先に尽きるかということである。

まずはと、年金で足りない分を算出して貯金を月割するという計算はかんたんにできても、絹子がこの先何年生きるかの予想など、できるはずはないのである。

貯金を崩しきったときには、どうすればいいのだろう。

「なんとか七、八年は持つんじゃないの」電卓の数字を見てミドリが言った。

「甘い」とカオルが言った。「それは何もなかったときの話でしょう？　その間に病気になったり怪我《けが》したりすることだってあるでしょうよ」

「そんなの、今からどうやって計算するのよ」

知子がポツリとつぶやいて、三人はそのまま黙りこんだ。

当時、絹子は八十五歳だったから平均寿命だけいうと、あと五年も貯金が持てば楽勝の計算だが、記憶力と判断力がおかしいだけで身体は健康そのものだし顔の色艶《いろつや》も良いから、平均寿命などアテにならない。

アレコレ三人で悩んだところで、そもそもそんなことに事前の計画など立てても無駄なのだ、ということがわかっただけだった。

「貯金が尽きたら、そのときに慌てればいい」と、三人は半ばヤケッパチになって「エイ！」と書類にハンコを押したのである。

「長生きするのも考えものねえ」とミドリがのんびりした調子で言った。

あとの二人もうなずいた。


紙オムツを受け入れた絹子は、その日の夕食には食堂に出てきた。

赤嶺が配膳を終えてエプロンを配りはじめ、老人たちがみな自分の席に座り、ハルがひそひそと小声で何か祈っているときだった。

老人たちがジロジロとみつめるなか、絹子が自分の席についた。

「あ、良かった。絹子さん来たねえ」と笑って絹子に声をかけながら、赤嶺が自分の椅子を引いてきて、同じテーブルに腰かけた。

弱々しく微笑み返した絹子の表情からはすっかり毒気が抜け、一見すると穏やかになったようにも見えるが、赤嶺が隣でそれとなく見ていると、気力の衰えは明らかだった。いつもの絹子は、人を寄せつけないオーラを老いた身体全体から放って、孤高の女王の威厳すら漂わせているのに、今の絹子は見るからに頼りないひとりの老女でしかない。

さらに、赤嶺を驚かせたのは、絹子が食事にほとんど興味を示さないことだった。どんなに不機嫌なときでも、食事のときには穏やかで、目の前のお膳にきちんと一礼して、何でも残さずにきれいに食べていた絹子が、箸を持ったままボンヤリと壁をながめていたりする。「絹子さん、今ちゃんと食べないと夜中にお腹がすくよ」と言ったが、やはり空疎な笑顔を返されただけで、結局食事は半分残された。

オムツになって一週間が過ぎても、絹子は気抜けした状態のままだった。

昼食を終えたばかりの食堂は、老人たちの半分は自分の部屋に引き上げ、残りの半分はいつものようにモヤシのヒゲ取りをしていたが、今の絹子にはカメと一等賞を競い合う気力はもうない。

（とうとうオムツになってしまった。まさか、こんなモノの世話になる日が来ようとは。いよいよほんとうに、自分で死ななければならない）と絹子が心を固めかけたときである。

「絹子さん、アンタ、間違っているよ」

絹子の隣で、次から次へとモヤシのヒゲを摘んでいたカメが、その手を止め、絹子に向き直って言ったのだった。

三階には十人しかいない入所者同士なのでもちろん互いの顔は知っていたが、もともと老人ホームで友だちなど作る気がない絹子は、食事の席が隣だということ、モヤシのヒゲ取りの名人だということ以外、カメのことを知らない。ただ何度かいきなり、絹子の心を言い当てたりするのを薄気味悪く思っていただけだ。

「アンタ、オムツをするようになったら、人間、終わりと思ってるの？」

カメの素朴な話し方には絹子をからかうような調子はなく、むしろ親身に案じている暖かさが感じられた。しかしまっすぐに相手を捕らえたその目は真剣で、曖昧な返事などは通用しそうにない。

絹子もその真剣さに気圧《けお》されて、わずかに身を引き締めた。

「人間はそんなことでは終わりにならない。どんなしてでも生きていかんといけないのよ」

じっと絹子の目の奥をのぞきこんでいたカメが、ふいにキッと鋭い視線をテーブルの上に移した。つられて絹子もそっちを見たが、そこにはザルに盛られた丸々とした白いモヤシと、広げられた新聞紙の片隅に、カメが摘み取ったひしゃげたヒゲたちが、小さな山を作っているだけだった。

絹子がいぶかしく思っていると、カメは一瞬身を固めて、「ハッ」と息をのみ、いきなり空中でバシリと大きく手を叩いた。

カメがゆっくりその両手を開くと、そこには小蠅《こばえ》の死骸《しがい》がある。

小蠅が飛んでいたことさえ気づかなかった絹子は、カメがそれを素手で叩き潰すのを見て驚いた。

ギョッとしてその手をどうするのかと見ていると、カメは平然と自分のワンピースで拭い、そのまままた次のモヤシに手をやる。

老人たちがヒゲを取ったモヤシは、そのまま階下の調理室にまわされ、明日にはみんなの食卓にのぼることになる。死ぬ覚悟を決めたばかりの絹子も、今はそのモヤシがまわりまわって自分のお皿に紛れ込むのではないかという疑念で、頭がいっぱいになっている。

「アンタ、慣れたらオムツくらい便利なものはないよ」

カメは、そんなことは一向に介せず、ゆっくりと「ダー」とうなずいて、ちっとも仕事がはかどっていない絹子のザルを引き寄せた。

「ウチは何回考えても感心するよ。ほんとうにあんな便利なもの、誰が考えたのかねえ。ウチが総理大臣だったらノーベル賞あげる」

「そう、そう」

気がつくと、ハルも向かいにいた。

「ヤクトゥヨ（まったくよ）。絹子さん、アンタもなんにもシワ（心配）しないでいいよ。今のオムツはどんなに上等なってるから。昔なんか布だったさあねえ。水道もない時代に布のオムツよお。あのときはアレが当たり前だったから不便とも思わんかったけど、コレがあのときにあったらねえって、今でも考えることがあるよ」

うん、とカメもうなずいて言った。

「平和なときはまだいいよ。ハッシャ、戦争のときよ、弾がバンナイバンナイ飛んでくるなかでは洗濯もできんさあねえ。ウチは姉の子どもがまだ赤ん坊だったから、日本兵に隠れて日の丸破ってオムツにしたこともあるよ。みんなビックリして止めよったけど、そんなこと構うもんねえ。ただの旗だのに」

「絹子さん、元気を出してちょうだいね。オムツをしても、していなくても、絹子さんは絹子さん、カメさんはカメさん、そしてわたしはハル。今までと何も変わりはしないよ。三つ児《みつご》の魂、百までって言ってね、三つ児はいつまでも三つ児なのよ」

ハルはニコニコしている。

「あなたたちは……？」

「ウチらねえ？　わたしたちはオムツ党の党員さあ」

ハルがそれに続いた。

「そう、正式には栄町市場オムツ党」

「…………え？」

「沖縄県那覇市の栄町市場オムツ党。そうだねえ、知らん人には、アッタ（急）には信じられないか。でもほんとうの話なのよ」

カメはモヤシの手を止め、その手を膝の上に置いた。

「ウチがオムツになったのは八十の年だった。まだ市場で現役だったからねえ、いっぺーショックやたんよ。もう市場もやめようかねえと思っていたときに、マカトー姉さん、あ、この人は市場の先輩でウチらのテーソー（大将）みたいな人だけどね、そのマカトー姉さんに相談したわけさあ。姉さんは黙って最後までウチの話を聞いてくれてね、そして最後に言ったわけ……」

いつしか絹子も話に引き込まれていた。

「なんて？」

「そうねえ、って」カメが重々しく答える。

「……〝そうねえ〟？」絹子は首をひねった。

「アンタ、そこがマカトー姉さんのすごいところさあ。姉さんは余計なことは言わん。仲間が相談に行っても、いつもただじーっと相手の話を聞いてからね、最後に一言、そうねえって言うだけなのよ。ああしろ、こうしろも言わん。いつも一言」

「そうねえ」ハルが続きを引き取って、その意味を噛みしめる。

「うん。でも相談した人は、それで自分がどうしたらいいかわかるわけよ。あのときも、ウチには姉さんが何を言いたいかすぐわかったよ。姉さんは、だからなんねえ、アンタがアンタってことにはなんも変わりはないよ、って言ってるんだねえって、ウチにはすぐわかった」

「……三つ児の魂、百までだねえ」と、ハルも納得したようにうなずく。

「そして姉さんは、エプロンのポケットからクルジャーター（黒砂糖）出してくれよった」

「アイエー……」と、ハルは深いため息をついた。

それから二人は、ゆっくり首をふったり、目尻をぬぐったりしていた。

「深いねえ」

「アンスクトゥ（まったくねえ）」

「何回聞いても感動する」

「何回思い出しても涙が出る」

「で、党員っていうのは何人くらいいるの？」

絹子の質問に、カメはアッサリ、またいつもの表情に戻った。

「さあ、何人いるかはウチもわからん。オムツになってウミーヤミー（思い悩む）している人はけっこういたよ。ガッカリしてトゥルバッテル（ボンヤリしてる）人とかね。党の活動っていうのは、そんな人たちの話を聞いて歩いて、オムツのしかたとか教えるわけさあ。オムツっていっても種類もいくつかあるからねえ。自分に合ったの使わんと意味がないさ。だけどその人たちが元気になったら、他には何もすることないからさ。あとは勝手にナーハイバイ（それぞれが自力でがんばる）、我が道を行くさあ。そうだねえ、みんなどうしてるかねえ。ハワイに行った人もいれば、カニハンディテル（ボケている）人もいるはずよ」

「わたしはここに来てから、カメさんに声をかけてもらったのよ。それから二人で、トシさんを党員にしたけど、トシさんは覚えているかねえ。あの人は不器用でね、すぐハーラーリー（ほどける）になって指導するのが大変だったよお」

「党っていうのがまず、大げさなわけさあ。マカトー姉さんはウチを頑張らすために党にしたと思うよ。党っていうのが立派と思ったんじゃないの。また、ほら、あのときは新党が流行《はや》っていたからさ、それもあったかもしれないよ……ウチはマカトー姉さんにはほんとうに世話になったから、その恩返しのつもりでこうやってオムツの宣伝しているわけさあ」

「今、そのマカトーさんはどうしているの？」

絹子も身を乗り出して聞く。

「ハワイに行った」

「さっきから、よくハワイに行くのね。みんな移民の人？」

今度はカメがきょとんとして、次に笑った。

「ハッシャ、絹子さん、アンタ遅れているね。ハワイはグソー（あの世）さあ。昔は死んだら唐旅だったけど、戦争に負けてアメリカ世になってからは、グソーもハワイになっているんだよ。みんな憧れのハワイ航路に行くのさ。最後は」

「わたしは違うよ」

「そうだったねえ。あんたはアーメンだった」

気がつくと、カラ同然だった絹子のザルが、いつのまにか一杯になっていた。

事務スペースで薬箱の整理をしていた赤嶺は、（めずらしいこともあるもんだ）と、絹子たち三人を見ていた。

一匹狼で人とつるむことのない絹子が、カメやハルと何か話しこんでいる。ましてや今、絹子はオムツ問題でずっと意気消沈している最中だ。

それを言うなら、「がじゅまる」のような介護型ホームの食堂では、入所者同士が熱心に会話していること自体が、めずらしいことでもある。

赤嶺はしばし仕事の手を止め、モヤシのヒゲを摘みながら老女たちが話している光景に見入っていた。

そういえば母が元気だった頃、実家は近所の女たちの溜まり場で、女たちはよくこうして、モヤシのヒゲを摘みながら何やら話していたな、と赤嶺は思った。

そして次の瞬間、赤嶺の脳裏に、何十年も忘れていた我が家の台所の風景が、ふいに浮かび上がってきた。

実家のいつも薄暗い台所。古いテーブルを囲む四人の女たちのシルエット、耳を澄ますと、記憶のなかに埋もれていた女たちの声までが鮮明に甦《よみがえ》ってきた。

女たちは、たまには大声で笑ったり歌ったりもしたが、大概は、低い声でヒソヒソと、内緒話でもしているみたいに話していた。

話の中身に特に秘密めいたものはなく、近所の売店のこと、昨日あったこと、親戚たちの話、料理法など、取り留めのないものばかりだったように思う。

一人が何か話すと他の誰かが相槌をうったり、また別の誰かが助言したりするといった調子で静かなユンタク（おしゃべり）は続き、それは聞きようによっては、四人が代わりばんこに独《ひと》り言を言っているようでもあった。

そうか、あれは女たちの息抜きだったのだと、今になって赤嶺は思い当たった。

あの頃は近所もみんな貧しく、どの家も、年に何度か、記念の日に家族で一張羅を着て外食に出かけるのがせいぜいといった暮らしだった。

そんな貧しい暮らしのなか、女たちはモヤシのヒゲを摘みながらユンタクすることで、心の中に塵《ちり》のように積もったウサを晴らし、互いを励まし、生活の知恵を共有してきたのだろう。そして働き者の女たちは、その間もずっと、手を休めることはなかった。

年齢層もバラバラのその四人の女のうち、母を含めた二人は死んでしまった。

一番若かった母は、誰よりも早く逝ってしまった。残った二人は、今でもどこかの家の台所で、ああしてモヤシのヒゲを摘んでいるだろうか、と赤嶺はふと思った。

「がじゅまる」で、もう何千回は見たろう老人たちのモヤシのヒゲ取り作業が、手品のように一瞬だけ見せてくれたなつかしい光景に、赤嶺はまだ半分心を残していた。あんなに昔のことを思い出したのが不思議というより、一度思い出してみれば、今まで忘れていたことのほうが不思議な気がするほど、あれは長い間、赤嶺の実家の日常の風景だったのだ。

そしてそれは、浅い白日夢のようでもあった。

千代が預けたおやつを貰いにきて、しばらく迷った末、赤嶺に小さい方のピーナツの入ったチョコレートを三個くれ、部屋に戻っていった。

気がつくと、三人の老女の姿はすでになかった。夢は始まったときと同じように、ふっと消えていた。


それからしばらくは、穏やかな日が続いた。

その間も絹子はずっと施設脱出の計画を練り続けていたが、その計画のことごとくが事前に発覚し、脱出はどれも未遂に終わっている。その理由が自分の独り言にあることを、当の絹子は気づいていない。

そして今も、絹子は自室の机の上に脱出の際に必要な細々とした品を並べて、ずっと考え込んでいた。

ブラウス二枚にズボン二枚、紙オムツ二組の他に、硬貨が全部で六百八十円、隠し持っていたエレベーター用のピン、タオル、鉛筆、歯ブラシが、その全てで、それらはもう何度も大き目のバッグから出し入れされていた。

オムツの分だけ荷物は以前よりかさばってしまうが、もうそんなことでいちいち嘆《なげ》く絹子ではなくなっている。カメやハルが言うように、オムツは確かに便利で、絹子にとって、もはや手放せないものになっていた。

(どう考えてもやはり、今必要なのは金だ。せめて金さえあれば、身ひとつで脱出しても、タクシーに乗って家に帰ることができるのに。ああ、金さえあれば。しかしない物のことを勘定に入れてもしかたがない。よく考えるんだ……)

(あ、そうか！　今、手持ちの金がなくっても、たとえば、運転手にわけを話して、友人か親戚の家にとりあえず送ってもらうことはできるんじゃないか？　わたしが乗り付けたら、みんなも放ってはおかないだろう。タクシー代を立て替えて家に送り届けてくれ、当座の金を貸すくらいのことはしてくれるに違いない。それからゆっくり、知子たちから金を取り返す算段をすればいい。知子たちがどんな邪魔をしても、わたしがわたしの家に帰り、わたしの通帳を返してもらうだけのことなんだから、裁判所だろうがなんだろうが、知子たちの言い分が通るわけがない。身内と裁判沙汰をおこすのは確かにみっともない話だけれど、自由

を取り戻すためには仕方がない）

（ああ、なんだ、これですべて解決じゃないか。今日は天気がいいせいか、頭がスッキリしている。ハルやカメと会えなくなるのは残念だけど、「ナーハイバイ〈それぞれが自力で頑張る〉」がわたしたちの掟《おきて》だもの、それはしかたない。互いに互いの幸運を祈ろう）

（そうだ！　世話になったお礼に一筆書いて、使っていないオムツは二人に残そう。衣類は好みがあるが、その点オムツは実用品だから邪魔にはなるまい。考えてみればつくづく便利にできている）

絹子の心は一瞬晴れ晴れとしたが、計画を反芻しているうちに、ハタと荷造りの手を止めた。

（ああ！）絹子は天を仰いだ。

（なんということ。なんということ）

ふいに立ち上がってオロオロと部屋を歩き回った絹子は、テーブルの脚にしたたかに足の指をぶつけ、激痛に思わずその場にうずくまった。

絹子は、しばらくうずくまったまま顔をしかめていたが、やがてノロノロとその顔を上げた。

（……なんということなの。生きている身内や友だちの顔が浮かばない。誰が生き残っているかもわからなくなってしまった……誰が生きているかもわからないのに、そのお家なんかわかるはずないじゃないか。タクシーに乗ったって、どこも行くところなど思いつかない。とうとう、わたしはほんとうのバカになってしまったのだろうか……）

痛みが去ってから絹子はテーブルに手をついて立ち上がり、今度は足を引きずって部屋のなかを歩きまわった。

（……いや、あきらめちゃいけない。何か他にも道はあるはずだ。為せば成る。成らぬは人の為さぬなりけり、だ）

どのくらいそうしていたか、突然、絹子の脳裏に閃《ひらめ》くものがあった。

（あ！　リウボウ〈沖縄の大手デパート。琉球貿易を略したと言われている〉だ。リウボウだ。ああ、リウボウの時計売り場には教え子のナオちゃんがいる。そうだ、ナオちゃんだ。なんで今まで、そんなことを忘れていたんだろう。ナオちゃんのところに行けばあとは何とかなる。そうだ、そうだ。ナオちゃんならきっと力になってくれる。もしかしたら、他の教え子に連絡を取って、みんな集まってくれるかもしれない）

（ああ、もう一度みんなの顔が見たい。そうか、すっかり自分は一人ぼっちだと思っていたのに、あの子たちがいたではないか。そうだ。そうだ。リウボウに辿り着けさえすればいいのだ。ああ、今日はほんとうに頭がスッキリしている。頭のなかの暗い雲がいっぺんに払わ

れていくようだ。ああ、これも天気のせいだろうか）

例のワーワーがまた、耳の奥で聞こえてきた。

「絹子さんですが、またエスケープ計画立てているみたいっスよ」

夕方の申し送りで、知念が赤嶺に報告した。

「さっき部屋を通りかかったら、こわーい目でブツブツ言いながら机の上にアレコレ並べて脱走準備してたし」

（やっぱり一筋縄ではいかないか……）赤嶺は腕を組んだ。

この頃の絹子は、食欲も戻ったし、オムツにも慣れたし、何よりハルやカメという友だちまでできて顔の表情もだいぶやわらいできている。なんとかこのまま落ち着いてくれればと赤嶺が期待したのも束《つか》の間《ま》、ソレとコレとは別とばかりに、またしてもリハビリやレクリエーションで一階に降りると、怪しげな動きを取りはじめているのだ。

それにしても、その執念はどこから来ているのだろうと赤嶺は半ば感心してしまう。普通は年を取ると意識が散漫になって、一つの目的に集中することが難しくなるというのに、絹子の場合、三年間というものずっと変わらぬモチベーションで脱走に挑戦し続けているのだ。これは根気があるとかないとかを通り越して、執念といってもいいのではないか。

「たとえば、知子さんに頼んで、一回だけでも帰宅させたらそれで気が済むってことはないですかねえ」と知念が聞く。

「ううん。でももう、借りてた部屋は解約したみたいだからねえ」

「え」と久貝は言葉を呑む。「じゃあ、絹子さん、今はない家に帰るために脱走しようとしてるの?」

「だって絹子さん、ここに来て三年になるのよ。その間の家賃だってタイヘンでしょう。解約するしかないさ」

「せめてバス遠足でもあったら気が紛れるのに。ねえ」と知念がポツリと言い、それを聞いた赤嶺の頭にコツンと響くものがあった。

バス遠足とは、天候の変わりやすい冬を除いた、春夏秋の季節ごとにおこなわれる施設主催の遠足のことだ。車椅子の老人たちも含めた移動なのでそう遠くへは行けないが、それでも数時間戸外で遊び、レストランで外食するこの遠足は入所者たちに人気の行事だ。

久しぶりに外の空気を吸った老人たちは、半日の引率でクタクタになった赤嶺たちの疲れも癒《い》やすほど、生き生きとした表情を見せてくれるが、オムツ問題ですっかり意気消沈していた絹子は、前回の秋の遠足には参加していない。

知念が言うように、オムツ問題をなんとか乗り越え、やっと友人らしい存在ができた今なら、確かにバス遠足は絹子のガス抜きになるだろうが、次の春の遠足まではまだ間がある。

「うーん。何か考えてみようか……。ところで久貝さん、ハルさんはどうねえ」

「はあ、本人は不調を訴えることもないし、食事は半分くらいは変わらずに食べています。昨日もよく眠っていました」

「金城さん、移送先の病院は決まりましたか」

「来月アタマに、大浜病院にベッドを確保しました。もしそれ以前に容態が悪くなったら、救急で入れるようになっています」

そこで四人は顔を見合わせて黙った。

「寂しくなりますねえ」と知念がつぶやいた。

顔色も悪く食事も細くなったハルは、検査の結果、胃がんだったことがわかった。ハル本人も家族も、手術は拒否し、医者も「その方が賢明です」という顔をしてうなずいた。しかし、痛み止めの処置だけは受けたいということで、老人ホームから病院に移る必要があったのだ。

家族は、驚き、動揺したが、クリスチャンのハルはさすがに心が決まっていて、そんな彼らを逆に気づかってみせた。

「あ、でもこのことは、他のお年寄りには言わんでね。そうだねえ、胃潰瘍《かいよう》でしばらく入院するってことにしておいてちょうだい」

赤嶺の言葉にみんなうなずいた。

その他、いくつかの連絡事項があって、申し送りは終わった。

解散してから、赤嶺は金城を傍らに呼んだ。

「ハルさんのことだけど、半日くらいの外出って問題あるかねえ？　たとえばお別れ会でカメさんたちと昼食に出かけるとか」

金城は質問の意図を測るように、赤嶺の顔をまっすぐに見た。

「体調管理からいうと、外もけっこう寒くなってきたから、それは部屋のなかで暖かくしていた方がいいには違いないけど」と、言葉を切る。

「でも、これまでにも何度も検査で外出してるし、車椅子移動だし……そうですね、個人的には、今のうちに自由に楽しい時間を過ごしてもいいんじゃないかと思います……もしわたしの家族なら、そうさせます。本人が望めば、だけど」

「わかった。本人と家族に聞いてみるよ」

「くれぐれも暖かくして、ですよ」

「ありがとう」と金城を見送ってから、赤嶺は知念に目を留めた。

「知念さん、ちょっといい?」

赤嶺に何か言われた知念は、「エー!」と声を上げた。

冬

期間は短いが、沖縄の冬はけっこう寒い。そうと知らず「常夏ツアー」のつもりで沖縄にやってきた観光客が「こんなはずじゃなかった」という顔で、冷たい風に身を寄せあっている気の毒な姿をよく見かける。

沖縄で一番寒いのは、一月下旬から二月の上旬と一般的に言われているが、もちろん例外もある。唯一、確実に言えるのは、「ムーチービーサ（子どもの健康を祈って月桃《げっとう》の葉でくるんで蒸した餅を作る日）」はやはり寒いということだ。旧暦だから日は年ごとにズレるが、不思議なことに毎年この日は寒い。冷たい風に手を擦り合わせながら、「ムーチービーサだねえ」と、人々は声を掛け合う。

沖縄は旧暦で動いているのだ。ちなみに「ムーチービーサ」とは旧暦の十二月八日のこと。

「絹子さん！　準備できたあ?」と、ハルの曾孫《ひまご》のモニカが絹子の部屋を覗いた。「外はけっこう寒いから、コート持ってった方がいいよ」

男の子みたいに痩せてヒョロヒョロと背が高く、短い髪を金髪に染め、ミニスカートから長い足をのぞかせたモニカは、一見国籍不明の風体だ。

国籍不明どころか、絹子の目には、はじめは宇宙人と片付けてしまいたいほど奇態な存在に映っていたが、何度か会って外見に目が慣れてくると、開けっぴろげな物言いの割にはやさしいところもあり、今ではなかなかおもしろい娘だと思うようになっている。

「ワッ！　絹子さん、かっこいい。やっぱり、この辺のオバアたちとは違うわ」

褒められた絹子は、大胆なグレーの模様が流れるゆったりとしたセーターに黒いパンタロン姿で、脱走用荷物の最後の点検をしていた。椅子には、老人ホームではなかなか着る機会のないグレーのコートが掛けられている。

施設内では杖で歩行している絹子だが、外出時は転倒防止のため、ショッピングカートを頑丈にしたような介護用カートを使用している。荷物の収納部分が大きいカートは、脱走用のかさばったバッグを運ばなければならない絹子には、願ってもない道具だ。

（これは幸先《さいさき》がいい）と、絹子は口笛でも吹きたい気分だった。

食堂には、カメの娘の久子《ひさこ》が来ていた。

今日は久子も母親の付き添いとして同行する予定だったのだが、急に末娘の加奈子《かなこ》の陣痛が始まり、朝早くから産院に駆けつけていたらしい。

そして今は、加奈子の様子が落ち着いているのを確認してから、同行できなくなったことを伝えるために、「がじゅまる」に顔を出したのである。バタバタと家を出ただろうに、久子は母親のために帽子やマフラーを準備してきていた。

「アンタ、こんなとこでノンビリしていないで、早くカナコーのところへ行ってあげなさい!」と叱るカメに、「うん」「うん」とうなずきながらも、久子はカメの首元に丁寧にマフラーを巻いてやっている。

長年保母をしていたという久子は、その職業からくるものか、ゆったりと忍耐強く、いつもその場を見守っている印象がある。

「もう、死にかけた年寄りはウッチャンナギテ(放っておいて)いい。これから生まれるベイビーを見ておいで」

「大丈夫よ、かあちゃん。病院には医者も看護婦さんもいるんだのに。それに、あの様子ではそんなに早くは生まれんよ。それよりかあちゃん、マフラーだけでも巻いて。外は風が強いよ」

「ハッシャ！　ウチは北海道に行くんじゃないよ、和風亭にご飯食べに行くだけよ。こんなして歩いたら、この人ナニかねえって、みんながトゥンケーって（振り向いて）見るよ」

さっきから憎まれ口ばかりたたいていたカメは、ノンビリしている久子についにシビレを切らして、今度はイライラした手つきで、久子が持ってきた防寒具を次々に自分で身につけはじめた。

「ハイ、マフラーも巻いた、帽子もかぶった。暖かい。ハイ、上等！　だから早く、アンタはカナコーのところに行ってちょうだい！」

モッコリとした毛糸の帽子を被り、マフラーを乱暴に顎まで引き上げたカメは、ギョロリと大きな目だけを出している。

「もう、かあちゃんよ！」と、久子は母親の姿にあきれて苦笑いしてから、「はい、はい」とようやく立ち上がった。

「赤嶺さん、すみません。よろしくお願いします」

赤嶺もノートから顔をあげて「了解」というようにうなずき、「赤ちゃん、楽しみだねえ」と声をかけた。

「ありがとうございます」と言いながら久子が去ったのと入れ違いに、今日の運転手になる知念が入ってきた。

「ハイ、みなさんお待たせしました。出発しますよ。アイ、カメさん、すごい、重装備！　北海道にでも行くみたいだねえ」

今日はもうすぐ病院に移るハルのために、ハル、カメ、絹子が昼食を外で取ることになっている。

バス遠足でもないのに入所者同士がこうして外出するのは異例だが、当然三人だけで出かけられるわけはなく、ましてやハルはこのところ、大事を取って車椅子になっている。そこで知念がリーダーになり、知念が運転する車椅子対応のホームの車に、家族チームが同行してみんなで出かけることになったのだ。

つまり、表向きは、入所者家族が施設に車を出してもらって外出する形だが、それを家族に提案したのは赤嶺と知念だった。

会食先の和風亭に行く前に、絹子が友人に会うためにリウボウの時計売り場に寄りたいと言うので、その間、残りのみんなはリウボウのモスバーガーで一休みするという段取りになっていた。

少し風は冷たいが、久しぶりの外出とあって老人たちもにこやかだったし、若いモニカが一人加わるだけで、場の雰囲気も一挙に明るくなった。

背の高い絹子のコート姿はさすがにオシャレだったが、小柄なハルとカメは防寒具を着込んで、まるで毛糸玉のようになっている。

車の中では、知念がいつもバス遠足でかける懐メロのカセットを流し、みんなで歌を歌った。いつもなら、みんなが歌うのを横目でにらんでいるだけの絹子も、今日は自分から進んで歌っている。一同が驚いたことに、初めて聞く絹子の歌は類を見ないほどの音痴なうえに声量だけはすさまじく、みんな戸惑った顔を見合わせながら拍手をした。

松尾から県庁前通りに抜ける辺りから、街はいつもと違う気配を見せていた。

外は寒く、風も冷たいだろうに、行く手に見える県庁前通りは、手に手に黄色いプラカードを持った人たちがグループごとにたむろしていて、この先を通れるかはあやしい。首を伸ばせば、歩道のあちこちに警備らしい警官が立っている。

時おりシュプレヒコールが聞こえたが、何を言っているのかまではわからない。

「何かしら」と車の窓から、絹子がのぞいた。

「ツトムって誰ねえ」と、ハルも目をキョロキョロさせた。

「なに?」とモニカも目を凝らした。「おばあちゃん、アレ、ツトムじゃないよ。怒るのドって書いてあるんだよ」

「アー」と知念が、素っ頓狂な声をあげた。

「忘れてた！　今日は知事に抗議する集会があったんだ」

カメも首を伸ばした。

「なんで。知事がナニした」

「ヤマトゥの政府に、辺野古《へのこ》の海、埋め立ててアメリカの基地作ってもいいよって言ったって」

「アイ？　あの人、反対って言ってなかった？」

「ハッキリ反対って言った覚えはない、って言ってますよ」と、知子が言った。

「ハッキリじゃない反対ってどんな反対よ？」

「ワカラン」


二〇一三年（平成二十五年）十二月、「普天間《ふてんま》基地の県外移設」を公約にしていたはずの仲井真《なかいま》沖縄県知事（当時）が、辺野古への移設に伴う「埋め立て申請」を承認した。

公約を違《たが》えた上に、政府から提示された基地負担軽減策に、喜色満面で「一四〇万県民を代表して感謝する」「これは良い正月になるなぁというのが私の実感です」などとコメントしたため、県民の怒りは最高潮に達していた。

その前月に、やはり「県外移設」を公約にしていた自民党の国会議員五人が、石破《いしば》幹事長

（当時）に説得されて、事実上の「辺野古容認」に転じたことで、ただでさえ、「平成の琉球処分か」と県民が情けなさにガックリきていたところである。

会談後、車の窓から記者団に向かって「ハブ・ア・ナイス・バケーション」と笑顔で手を振ったという知事は、翌年の知事選で、県内移設反対を掲げる「オール沖縄」の旗印となった翁長《おなが》候補に大差で敗れている。ちなみに、敗戦の弁は「……信じられない」だった。

知事選で、それまで長年保守の重鎮であった翁長候補が、「オール沖縄とは何か」と聞かれ、「イデオロギーよりアイデンティティー」と一言で述べたが、確かに、「オール沖縄」は、基地問題を機に、「日本の中の沖縄の存在」を、改めて国に問うという側面をもつ。

沖縄の基地負担がもう限界にきているのも事実だが、その運動の根底には、明治政府が小さな独立国家であった琉球を力で解体した「琉球処分」以降、県民がことあるごとにずっとくすぶらせてきた中央への不信が、種火のように在る。

つまり、保革を超えた「オール沖縄」の結成そのものが、百四十年経っても変わらぬＤＮＡで、沖縄を力で押し潰そうとする日本政府への抗議といってもよいだろう。

「もはや基地は沖縄経済の弊害でしかない」と判断した県内の大手企業数社がその流れに加わったことも、運動の層を厚くした。

そこに多くの県民の支持が集まり、「オール沖縄」は、「埋め立て承認」後の、辺野古を抱える名護市の市長選、県知事選と勝利した。

続く衆院選でも、全ての選挙区で「オール沖縄」の推す候補が当選して、対立する「移設容認」に転じた自民党議員を落選させたが、蓋《ふた》をあけてみると、落選したはずの議員全員が比例区で復活していた。

かくして、二〇一四年十二月、人口一四〇万人の沖縄県に、選挙区比例区合わせて九人の衆議院議員が誕生することになったのである。

ともあれ、一行が揃ってリウボウに出かけ、県庁前で遭遇したのは、二〇一三年十二月の仲井真知事の「埋め立て承認」に抗議するデモのことである。


「早く行こうよ」というみんなの声を背に、知念は道路わきに車を止めてハンドルを抱え込むようにして、フロントガラスの先をじっと見ている。

リウボウは抗議集会のある県庁のすぐ向かいにある。

「絹子さん、コレ、ちょっと無理かもよ。県庁前は道路規制してるのに」

ハルもモニカも知念も、全員が絹子を見た。

絹子は、口を真一文字に結んで、まっすぐに前を見ている。

「ヘノコが何ねえ、知事が何ねえ」絹子が言い放った。「わたしはリウボウに行くよ」

「ヤサ（そうだ）」とカメがうなずき、知念はまた「エー！」と叫んだ。

「裏から回ればいいじゃん」モニカがこともなげに言って、知念は「負けた」とエンジンをかけた。


リウボウの建物内にあるモスバーガーは、車を止めるまでの間ずっと、知念が予言したように、集会の参加者を含め、すでにいる客と外から入ってくる客で混んでいたが、車椅子のハルと介護用カートを押した絹子を見ると、客は先を譲ってくれたり席を詰めてくれたりして、六人は何とか席を確保した。

「ほら、何とかなるさあ」とモニカが知念に言った。

「これは何とかなったんじゃなくて、強引に何とかしたんだよ。あんた、若いのに、オバアみたいに強気だねえ。僕には真似できん」

知念はぶつぶつ言いながらも、ハルたちのために水やお絞りを用意し、モニカは「かあちゃんにお金預かってきた」と言って、全員の注文に立ち上がった。

「すみません、ちょっとトイレに」と知子も席を立ったので、絹子とハルとカメの三人が並んでテーブルに残った。

絹子は知子の去ったのを確認し、店内を見渡してから改めてカメとハルを見た。

頬は紅潮し、顔も引き締まって覚悟のほどがうかがえる。

「わたしはこのまま行くよ」

「アンアランガヤーンディウムトータンヨー（そうじゃないかと思ってたよ）」

カメとハルは落ち着いている。

「アンタが自分で決めたことだから、わたしは止めないよ」

カメの口調はぶっきらぼうだが、ハルは隣でやはりいつものように穏やかに微笑んでいる。

「うん。やるだけやってみるよ。黙って行こうかとも思ったけど、あんたたちには言っておきたくてね。それからコレ」

絹子はバッグの中から小さな包みを取り出し、カメとハルの前に置いた。それは厄払いのために絹子が自分で作ったお守りだった。色とりどりのビーズで飾られた小さな袋の中には、魔よけの塩が入っている。

「やっと昨日、仕上がった。ハルさんはクリスチャンだから、中は塩じゃなくて十字架作って入れておいたよ……早く胃潰瘍、治してね」

「ありがとう。ああ、きれいだねえ。わたしは形にはこだわらんから塩でも良かったのに。でも、ありがとうね」

「ウチは塩がいい」

「うん、カメさんのは塩」

「ありがとう。あー、ちゃんと首からかけられるようになってるね。上等。アイアイ、ワシトータン（忘れてた）。イキラサシガ、ウリ（少ないけど、コレ）。ウチらからのカンパ。三千円入っている」

カメが大きな巾着袋から封筒を出し、絹子の前に置いた。

ハルも「中にがじゅまるの住所と電話番号書いてあるから、もしどうにもならんかったら、タクシーの運転手に見せて帰ってきたらいいよ。なにもチャンスは一回だけじゃないよ。何回でもやり直せばいいんだから、ぜったいに無理はせんでよ」と言葉を添える。

三千円は外の世界ではそう大金とは言えない金額だが、老人ホームという閉ざされた空間では貴重な小遣いだ。絹子は封筒を額に押し頂いてから、バッグにしまった。

「そうだ、わたしも忘れるところだった。残ったオムツ、ベッドの上に置いてきた。一筆書いてあるから、二人で使ってね」

「へえ、絹子さんも、だんだんオムツ党らしくなってきたねえ」

ハルの言葉に三人で一斉に声をたてて笑い、またフッと黙って互いの顔を見た。

「ほんとうにありがとう……また会えるかどうかわからないけど」

「ヌーガ、また会えるに決まってるさ」とカメが言った。「どうせ人間、最後に行くところは一緒だのに。アレ？　ハルさんは違うねえ？」

「いーや、わたしのところは出入り自由、ハワイともちゃんとつながっている」と、ハルも微笑んだ。

そこに知念とモニカが、ジュースのお盆を運びながら席に戻ってきた。

「車、ほんとうに大丈夫かなあ」知念の顔は冴えない。

「ハッシャ、ほんとうに心配性だねえ。あそこは誰の邪魔にもならん。介護用の車をレッカーさせるほどリウボウは人非人じゃない、ホームに電話するほど暇な人もいない。知念さん、そんなに心配ばかりしてると、頭、禿《は》げるよお。だあ、見せてごらん、アッ！　カンパチ（十円ハゲ）なってる！」

「エッ！　ウソ！　ハルさん、見て」

差し出された知念の頭を「ダー」と見て、ハルは「ヌーンアラン」と保証した。

「ジョートーチブル（いい頭）よ、親に感謝しなさい」

言われた知念は、「ふん」と隣のモニカをにらむ。

モニカがみんなの前にオレンジジュースを置き、ハルがストローでちゅるちゅるとすすって満足げな顔をした。

「ああ、外で飲むと、ちゃんとみかんの味がするねえ」

「アイ！　ホント、コレ、おいしいねえ」とモニカも一口飲んで目を輝かせる。

「みかんジュース飲んでるみたいさあ」カメも味わうように目を細める。

「カメさん、これみかんジュースよお」

「そうねえ」

「ハッシャ、カメさんよお！」と知念が言って、みんなで笑っている。

絹子はそんな他愛ないおしゃべりを聞いていても、朝から期待と不安が頭の中で交錯して一緒に笑うゆとりもないし、せっかくのジュースの味もよくわからない。それにさっきから耳鳴りもひどいのだ。

ナオちゃんと会ったら、もう「がじゅまる」に戻ることもないだろう。もしかして今晩あたりは、ナオちゃんの家でゆっくり寛《くつろ》ぎながら、こんなことをすべて笑い話にしているかもしれないと心が弾む一方で、前もって電話もしていないし休みだったらどうしようという不安もムクムクと湧き上がってくる。

しかし、そのときは、同僚の人に彼女の家の電話番号を聞けばいい、と心を決めると迷いも消えた。

きっぱりと決断してしまうと今度は、別れをすませたハルやカメはいいとして、自分の計画を知らずに、無邪気に大笑いしている知念が、少し気の毒になってくる。

（かわいそうなのは知念さんだ。わたしがこのまいなくなったら、後でどんなに叱られることだろう。クビなんてことにならなければいいんだけど。この子はいつもふざけたことばかり言っているけど、根はやさしいいい子なんだ）

（だけどやっぱり、知念さんのために自分の人生を棒に振ることはできない。情に流されていては、脱走なんか金輪際できるわけがないんだ。ごめんなさい、知念さん。これもすべて人生勉強だと思ってちょうだい）

絹子の両脇に腰かけているハルとカメにはそのつぶやきはぜんぶ聞こえていたが、テーブルの向かい側にいる知念とモニカには、店の喧騒《けんそう》もあってよく聞き取れない。

それでも自分の名前を何度か耳にしたような気がする知念は、モノ問いたげな目でハルとカメをしきりにチラチラ見るが、二人はそれには素知らぬ顔でジュースをちゅるちゅる飲んでいる。

（そうと決めたら、ノンビリしてもいられない！）

今にも立ち上がりかねない絹子の手をテーブルの下でグッと握って、ハルが「カメさん」と唐突に声をかけた。

「カメさん、あんた、そろそろトイレに行ったほうがいいんじゃないの？」

「はあ？」

「和風亭までまだ時間あるし、今、ジュースこんなに飲んだんだのに。今のうちにトイレは行っておいたほうがいいはずよ」

「そうねえ？」といぶかしんでいたカメも、目を白黒させて少し考えてから、ハッと顔を上げた。

「アイ、そう言われたらほんとうに行きたくなった。なんでハルさんがウチのオシッコのことまで知ってるかねえ。ウチも気づかんかったのに」とブツブツつぶやいて、「知念さん、アンタ、ゴメンだけど、ウチを便所に連れて行ってちょうだい」と言った。

「え？　カメさん、出るとき、トイレ行ったさあ」と言いながらも、知念は残ったジュースを氷ごと素早く口に流し込んで、立ち上がる。

「ホイ来た、カメさん！」

「ハイ、リッカ（行こう）、知念さん！」

二人が狭い通路をヨタヨタと出て行ったあと、ハルがおもむろに絹子に向いた。

「これで知念さんも知らなかったことになるさあ……さあ、いよいよお別れだね、絹子さん」

「ありがとう」絹子は嬉しそうだ。

「これくらい何でもないよ。人間、やりたいことはやれるうちにやったほうがいいからね。

でもお友だちに会うまでは、念のためにモニカを付き添わせようね。無事にそのお友だちに会ったら、もうあとはあんたの自由さ」

事情がわからないモニカは、「いいの？」と驚いて曾祖母《そうそぼ》の顔を見たが、その表情に迷いのないのを見て、「うん」とうなずいた。

絹子がテーブルの下から、何を詰め込んだのか、重そうなカートをうんうん言いながら引きずり出すのを、ハルはどこか哀《かな》しげなやさしい目で見守っている。

この頃のハルは、よくそんな目をするようになっていた。それはもともとハルが生まれ持った穏やかさとも、クリスチャンとしての善良さとも少し違う、もっとしんみりとしたものだった。

自分の死を悟ってから、ハルが実感したのは「人生は短い」ということだった。長かったはずの九十年の人生も、振り返ってみれば、朝起きて夜に寝るくらいの束の間のことにしか感じられない。

これまでの自分の人生の中に、つらかったことや悲しかったこと、嬉しかったことは確かにあり、そのときはそれに一喜一憂したのも事実だが、今となってはそのどれもが同じように儚《はかな》く感じられるし、その意味も実は等しいのだということに気づく。

そんな儚い人生を、誰も彼もがそれぞれに自分なりの幸せを追いかけ、喜怒哀楽を繰り返して生きているのだと思うと、ときどきハルはその健気《けなげ》さに胸が突かれる思いがするのだ。

(あのカートを引きずって、いったい絹子さんはどこへ行くのだろう)

絹子の脱走がそうそううまくいくとは、ハルも考えていない。しかしこれは絹子の人生であり、絹子は自分で選んだ人生を行くべきなのだ。

絹子とモニカも去って一人になったハルは、談笑と音楽と店員の掛け声でにぎやかな店内をゆっくりながめてから、その喧騒に浸《ひた》るように目を閉じた。ときどきチッと頬をゆがませたが、痛みはまだ耐え難いものではなかった。

そのうち、「ハイ、ごめんなさいよ、ごめんなさいよ」と、にぎやかな声をあげながら、カメと知念がトイレから戻ってきた。

「あれ？　絹子さんは？」と、席につくなり、知念が尋ねた。

「もう、モニカが付き添って、友だちに会いに行ってるよ」ハルは平然と答える。

「えー！　僕が一緒に行くつもりだったのに。絹子さんとモニカって一番危険な二人じゃないの」

それには答えず、「アイ、カメさん、オシッコ、出たねえ」とハルが話をそらすと、カメも「出た。出た。いっぱい出た。やっぱり寒いからかねえ」と嬉しそうに報告する。

そこへ知子が、「遅くなってすみませーん」と帰ってきた。

「知子さん、またアンタのトイレは長いねえ。帰ったと思ったよ」というカメに、知子は「そうなんですよ。トイレ出たとこでお友だちにバッタリ会って、すっかり話しこんじゃって」と明るく笑い、「アレ？　絹子おばさんは？」と、みんなの顔を見た。

「モニカと時計屋に行ってるよ」と、さっきと同じようにハルが答えた。

知子は、「あ、そうですか。あー、おしゃべりしすぎてノドがかわいた」とノンキにうなずいてメニューを開いているが、知念はちょっと考えてから「うーん、ボク、やっぱり時計屋に行ってこようね」と立ち上がった。

絹子とモニカが出てからもう十五分くらい経っているが、まだモニカは戻ってこない。

「そうだねえ。見てきたほうがいいかもしれんねえ」と今度はハルも同意した。

「うん、行ってくる！」とそそくさと出て行く知念の背中に、「アンタも忙しいねえ」とカメが声をかけた。


絹子の足取りはしっかりしていたが、目指す時計売り場をみつけて走り出しそうになったのには、モニカもあわてて腕を引き寄せた。

沖縄では一番の老舗《しにせ》の時計屋は、広々としたリウボウ店内の中央にあった。

コの字形のガラスケースの内側に四、五人の店員がいて、その中の三人ばかりが、外側にいる客を前に、ケースから商品を取り出したり、説明をしたりと優雅に対応している。

すっかり顔を紅潮させた絹子は、ケースの外側をグルグル回るようにして店員の一人ひとりを確認していたが、さっきまで期待に輝いていた目がどんどん光りを失っていく。どうも目的の人物はいないようだ。

「絹子さん、お友だちの名前はなんていうの？」と見かねたモニカが尋ねると、絹子は「大《おお》浜《はま》ナオさん、お友だちじゃなくて教え子よ」と、モニカの顔も見ずに独り言のようにつぶやき、今度は他の店の店員にまでキョロキョロと目をやっている。

「わたしが聞いてみるね」と、モニカが手の空いた店員に近寄り、「大浜ナオさんという方はこちらにいらっしゃいますか」と尋ねたが、その店員は曖昧な笑みを浮かべて、そんな人はうちにはいないし、そんな名前も知らないという。

「ナオちゃんがいない？」

絹子は愕然として、立ち尽くした。

絹子の様子にタダならぬ気配を察したのか、店員はわずかに笑みを引きつらせて、「少々お待ちください」と通路に消え、今度は店長格らしいピシッとしたスーツ姿の男を連れて戻ったが、男も首をひねってやはりそんな名前の人は知らないと答えた。

「わたしはこの売り場に三年、会社には十五年おりますが、そんな名前の者は存じませんねえ。で、その方はお幾つくらいでしょうか」

店長とモニカは、同時に絹子を見た。

聞かれた絹子が、ふいにブツブツつぶやき始めた。

（そう言えば、ナオちゃんは幾つになったろう。ナオちゃんはセーラー服にお下げ髪の高校生……十七歳？　いやまさか、それは高校生のときだから、今は五十歳、アレ？　六十歳？待てよ、最後に会ったのは……あれはいつ？　戦前？　戦後？　まさか戦争で死んだとか。ひめゆり？　バカな。落ち着け……えー！）

店長はギョッとして、連れのモニカを見た。

予想もしない展開にモニカ自身もたじろいだ。

「絹子さん、落ち着いて。どうしたの？」

「ナオちゃんは、死んだ？」

混乱すると、また例の耳鳴りが始まった。ワーワーするのに合わせて、鼓膜までドクドクと振動する。

（……ナオちゃんのことを忘れるなんて。わたしはいったいどうなってしまったんだろう。ああ、ああ、ナオちゃんはほんとうに死んでしまったのだろうか。ごめんね、ヨネちゃん。え？　ヨネちゃんって誰よ？　なんでこの名前ばっかり浮かんでくるんだろう。わたしはと

うとうバカになったのだろうか）

絹子は、頭の中がグルグル回って、もう立っていることもできなくなった。

「……ナオちゃん、助けて」

店長も、絹子が床にしゃがみこむのを見て、「お客さま、大丈夫ですか」と仕切りを越えて飛んできたし、通りがかりの買い物客もナニゴトかという顔で見ている。

ここは、ひとまず退散するしかなさそうだ。

「絹子さん、少し休みましょう」

モニカは自分もしゃがんでしばらく絹子をなだめてから、「お騒がせしました」と店長に頭を下げて、まだブツブツ言っている絹子を、とりあえず椅子のあるエレベーター脇まで抱きかかえるように連れて行き、やっと椅子に腰かけさせた。

絹子は子どものように、肩をヒクヒクさせて泣いている。

「絹子さん、ナオちゃんのことは、まだ思い出さない？」絹子が落ち着くのを待って、モニカが聞いた。

「思い出さない」

「ヨネちゃんって誰？」

「わからない」

「そう……。絹子さん、この名刺、お店の人にもらっておいたからね。この時計屋さんの会社の電話番号が載ってるよ。あの人は十五年いるって言ったけど、その前のことは知らないってことじゃない？　昔のことを知っている人はぜったいいると思う。大丈夫。わたしがナオさんのこと、調べてみるからね。あきらめるのは早いよ」

「死んだかもしれない」と、絹子は疲れきった声でつぶやいた。

「教え子だったらそんな年じゃないでしょ。きっと生きてるよ」

「もう、みんな死んじゃったのよ、きっと」

二人が暗い顔で腰かけていると、知念が迎えにきた。

憔悴《しょうすい》している絹子を見て知念は驚いたようだったが、モニカの話を聞いて「そうか」とだけ言った。

モスバーガーに戻ってきた絹子を見ても、ハルとカメは何も聞かなかった。

ただひとり事情を知らない知子は、知念とモニカに支えられるように入ってきた絹子に、「絹子おばさん、どうしたの？　お友だちには会えたの？」と聞いたが、モニカが黙ってゆっくり首をふったので、怪訝そうにしながらも口を閉じた。

絹子の陰鬱な様子がテーブルの周辺に漂って、しばらくみんな口数が少なくなっていたが、「アイ、お腹すいたねえ。早くご飯食べに行こう」というハルの声で再び時間が動きだした。

モスバーガーを出てから、「ハイ、トイレに行きたい人！」と知念が明るく声をあげ、「知子さんとカメさんは、もういいかな？」と聞いた。

「これから、ウチのオシッコのことはハルさんに聞いてちょうだい。あの人のほうがウチより詳しい」とカメが言った。


車の中でも、絹子はずっとすすり泣いていた。

「絹子さん、元気を出して」と、モニカはずっと隣でその肩をさすっていた。「あそこは大きな会社だから他にもあちこちにお店出してるよ、売り場が変わっただけかもしれないよ。あそこにいないからって、死んだとは限らないでしょう？　ほら、もう泣かないで」

「ああ、きっと死んでしまったんだ。もう、みんな死んでしまった。わたしだけが取り残されてしまったんだ」

知子が、後ろの座席から身をのり出して、「絹子おばさん、いったい誰が死んだの？」と何度も聞いたが、絹子がその度に激しく泣くので、モニカがシーッと唇に指をあてた。

「誰かねえ、気になるさあ」あきらめきれない知子が何度も首を傾げる。

「リウボウの時計売り場で働いている教え子って」とカメが低い声でそっと教える。

「ああ、それでリウボウ、リウボウって言ってたんだ。でも、わたしもおばさんの教え子は何人か知っているけど、みんなもういい年よ。今もまだ現役で売り場に出てる人なんかいるのかねえ」

「それはワカラン」

「アイ、何かやがましいよ」

「さっきの人たちがデモしてるんだねえ」


県庁前の人だかりはさらに大きくなり、シュプレヒコールも怒号も激しくなっていた。警官と市民が揉みあいになっている場所もある。


カメがどうしても様子を見たいと言うので、知念が市役所を大回りして県庁の向かいの路地に車を止めた。車の中から見物させるだけのつもりが、だんだんカメが目を輝かしはじめ、自分も参加したいと言い出した。

「エー！　外は寒いよ。こんなところで風邪ひかせたら僕が怒られるんだよ」と知念は口を尖らせたが、カメは「寒くない。じぇんじぇん寒くない。身体がぜんぶ顔だと思ったら暑いくらい。マフラーもしている」と引かない。

しまいには「知念さん、まずみんなで行ってみよう。年寄りでも頭数にはなるさあ」というハルの言葉に、みんなゾロゾロと降り支度をはじめた。

知念はせめてハルだけは車の中に残そうと頑張ったが、「せっかく外に出ているのに、こんなオモシロイの見ないと後悔するよ」とハルまでめずらしく窓の外の様子に目をキョロキョロさせ、モニカも「知念さん、そうしよう」と言うので、これも知念が折れた。

「じゃあ、これだけは僕の言うこと聞いてよ」という知念の出した条件に従って、人にぶつかって転倒したり通行の邪魔になったりしないよう、人だかりの端っこに全員が固まって陣取った。

知念とモニカが車から運び出した簡易椅子に、カメと知子を座らせ、車椅子のハルと介護用カートに腰かけた絹子が真ん中に構え、モニカと知念が後ろに立っている。

政党や組合などの団体関係の人たちはにぎやかな道向こうにいて、モニカたちがいるのは手作りの横断幕をひろげた市民たちの場所のようだ。

すぐわきで、中年の男女がてんでに拳を上げている。

「辺野古新基地建設、絶対反対！」

「知事、出てこーい！」

「アンタ、カジノまで作るつもりだってな！」

「基地とカジノって、沖縄をゴミ捨て場にする気ねー！」

「沖縄売らんで基地、売ってこーい」

通りの反対側からはアコーディオンにのせて「沖縄を返せ」の歌声が聞こえてきた。

「瀬長亀次郎《せながかめじろう》はいないねえ」と、カメが背のびをして周囲をキョロキョロ見回す。

「ハッシャ、もうとっくに死にましたよ」知子が答える。

「アイナー！」

絹子たちの奇妙な一団はすぐに記者たちの目を引き、何人かの腕章を巻いた全国紙の記者たちがマイクを持って駆けよって来た。

知念はあわてたが、モニカは老人たちにカメラのレンズ位置を指さして教えたり、隣から借りたプラカードをカメラにかざしたりしている。

「おばあちゃんたちはお幾つですか」とヤマトンチュの記者に聞かれて、ハルは「九十一です」と答え、絹子は力なく「たぶん九十くらいです」と答え、カメは「忘れました」と答えた。

「そんなにご高齢でわざわざいらしたのは、知事に何か言いたいことがあったからですね」と若い記者が、老人たちの鼻先にマイクをスッと差し出した。

みんな一瞬ひるんで互いに譲り合っていたが、カメが意を決したように「ダー」と一歩前に出た。

「はい、コホン」とカメは改まった口調になり、モニカがサッと後ろからペットボトルの水を差し出す。

「コホン」と水を飲み、もう一度咳払いをしてマイクに向かってカメは話した。

「えー、ワタクシたちは、この近くの『がじゅまる』に住む者です。えー、せっかくですから、ワタクシがみんなを代表して先輩の大里《おおさと》マカトーさんのことをアビリ（話し）たいと思います……マカトー姉さんという人は、とってもマクトゥー（誠実）で、市場の仲間たちからも尊敬される立派な人でした。マカトー姉さんに会うまでのワタクシは、タンチャー（短気者）で、ヒッチー（いつも）オーエー（喧嘩）ばっかりして、頭の中は、勝つか負けるかしかないような人間だったのですが、マカトー姉さんに『白銀堂』の話を聞いてから、自分を深く反省するようになりました。それは、『ティーヌイジラーイジヒチ、イジヌイジラーティーヒチ（手が出そうになったら意地を引け、意地が出そうになったときは手を引け）』という教えです。その話を聞いてからワタクシは、タンチ起こしそうになったらまずウフイーチ（深呼吸）するようにしました。そんなしてるうちにだんだんオーエーすることもあんまりはなくなり、仲間も増えてきました。あとでその仲間に聞いた話ですが、マカトー姉さんは戦争で六人の子どものうち四人を、南風原《はえばる》から糸満に逃げる間に死なせたそうです。まだ六ヵ月だった赤ん坊を死なせたときの話は、ワタクシも聞いてから涙が止まりませんでした。姉さんはその赤ん坊をウーファ（おんぶ）して、アワティーハーティー（あわてふためいて）ハーエーハーエー（必死に走る）していたので、その子がいつ死んだかもわからんかったそうです。知らない女の人に言われてから背中から下ろして、死んだとわかっても捨てきれんでしばらくウーファしていたそうですけど、またこれも知らないおばあさんにこんなしたら死んだ赤ん坊も成仏できんよとヌラーリテ（叱られて）、あとで掘り返せるように目印になる大きながじゅまるを選んで、その近くにやっと埋めたと言っていました。また姉さんはそのあと、自分も壕《ごう》の中で火炎放射器にやられて、背中に大きな火傷《やけど》がありました。病院で死ぬ前のことでした。市場の仲間で、姉さんが楽しみにしていたカジマヤー（数え年で九十七歳のお祝い）の着物を着せようとして、みんなはじめてその火傷を見て驚きました。『イッペーヤムタルハジドー（とても痛かったはずよー）』と言って、みんなで泣いて背中をさすってあげました。ワタクシは、姉さんは自分があんな悲しい思いをした人だったから、誰にもやさしかったたし、あんなにオーエーを嫌がってたはずと思います。またワタクシの考えでは、ウチナー（沖縄）もマカトー姉さんも同じです。マカトー姉さんは自分の子どもを次から次に四人も死なせて、手も足もモガれるくらい悲しい思いをしたはずですが、この島も人がたくさん焼かれ、牛や馬も焼かれ、山も崩されて生き残った人も手やら足やらもぎとられるような思いをしました。だからウチナーンチュは、自分のオーエーも、人のオーエーのティガネー（手伝い）もやらんというのがほんとうです。は？　基地ですか？　ああ、これは今でも余っているくらいありますから、もうけっこうです。欲しかったら総理大臣にでも差し上げます。遠慮はいりません。あ、ルク長くアビリ過ぎましたが、マカトー姉さんはもうハワイに行ってしまったので、ワタクシが姉さんの代わりに『白銀堂』の教えを話しました……えー、長らくご清聴、ありがとうございました。石川カメ。年は、今、ちょっと忘れました。詳しい住所も少し忘れましたが、『がじゅまる』に住んでおります」

若い記者たちは多少意味が通じないところはあるものの、概ね感動してカメを取り囲んだが、ウチナーグチの説明を求めてよけいに話がこんがらがり、知念が通訳として前に引っ張りだされた。

「戦争が終わった今でも、このお年寄りたちはがじゅまるに住んでおられるのですか？」記者の質問に、知念はあわてて訂正する。

「あ、その『がじゅまる』というのは、老人ホームの名前です」

「がじゅまるに住むのはキジムナー、戦争中でもなんでも、がじゅまるに住む人はいない」

カメがぶつぶつ抗議する。

「で、そのお友だちの方は、戦後ハワイに移住されたのですね」

「移住じゃなくて、死んだんです、この場合」知念が注釈を入れる。

「なるほど、なるほど。ハワイで死んだ、と」

「ハーッシャ！　ハワイは関係ない！　ただ死んだ！」

聞き耳を立てていたカメが、またもや間髪入れず訂正を入れる。

「なるほど。ただ死んだ、と」

「死んだ！　みんな死んだ！」

突然の絹子の悲鳴にも似た発言に、記者たちはナニゴトかと振り返り、今度は絹子を取り囲んだ。

「沖縄戦でどなたかが亡くなったんですね？」

絹子の唇はわなわなと震え、目には涙が溢れでている。

「教え子です……わたしの教え子は……みんな死んでしまいました！　わたしは一人になってしまいました！」

そして絹子は激しく泣き出した。

絹子の涙は、今までずっと溜め込んできた黒い水が堰《せき》を切って、大きな濁流になって溢れ出たかのような勢いで、留《とど》まるところを知らなかった。

あまりのドラマティックな展開に、何ごとか、と別の記者たちも集まってきたが、「車が出てくるぞお！」という誰かの怒鳴り声に、みんな一斉にクルリと絹子たちに背を向け、そっちに走っていった。

みんなが見るなか、一台の公用車らしい黒塗りの車が出てきて、そのままスーッと通りすぎて行った。後部座席に痩せた小さな老人が座っているのが、チラリと見えた。

近くにいた人たちは一斉に車に向かって怒号をあげたが、すぐに車は視界から消え去り、取り残された人たちは拳を振り上げたまま、しばらくポカンとしていた。

道の向こうでは、すかさず誰かがマイクで元気に何か訴えている。

「アンチュ（あの人）よお、あんなにアワティーハーティー（あわてて）して、どこに行ったのかねえ」とカメがプラカードを持った隣の男に聞くと、「さあ、東京にでも行ったんじゃないの」と男は肩をすくめた。

それを潮に、みんなで泣き崩れる絹子を抱きかかえるようにして車に乗り、和風亭に向かった。

車の中でも絹子はまだしゃくりあげ、知子が背中をさすった。

「ねえ、絹子おばさん、いったい誰が死んだの？」

「みんなよ！　ナオちゃんたち、みんなよ！」

「ええ！」と今度は知子が素っ頓狂な声を上げた。

「ナオさんが！　いつ？　なんで？　あんなに元気そうだったのに！」

「え？」今度はモニカが驚いて知子を見る。「知子さん、ナオさんのこと知ってるの？」

「うん。わたし、先週『かねひで』の大特価祭りで会ったばかりよお」

「はあ？」全員が同時に叫んで知子を見た。

「え、え、何よ、何よ」と知子はみんなの鋭い視線にたじろぐ。

「だって、だってあのナオさんでしょう？　絹子おばさんの教え子のナオさんでしょう？

何年前だった？　あ、去年だ。おばさんの米寿のお祝いするってクラスの人たち集めて、かりゆしアーバンで食事会開いてくれた、あの大浜ナオさんでしょ……うん。あれは先週の土曜日だったかねえ。『かねひで』が月に一回、大特価祭りってするさあね、そこに行ったらナオさんも来ていたわけよ。ナオさん、一人でトイレットペーパー、ムタランムチ（持てないほど持つ）していたから、わたし、駐車場まで運ぶの手伝ってあげたばかりよ。先生お元気ですか、って聞かれたよ」

「えっ？」と絹子も驚いてハンカチから顔を上げた。

「ナオさんが生きていた？」モニカも身を乗り出す。

「アイ、ちょっと待って……もしかしてリウボウにいる教え子って……ナオさんのことだったの？　ハッシャ！　絹子おばさん、ナオさんが働いていたのはリウボウの時計売り場じゃなくて婦人服売り場よ。それももう何十年も前の話よ」

「ええ？」

「ほら、その食事会のときに、リウボウを定年退職してからは、娘さんと繁多川《はんたがわ》で小さな洋裁店やってるって話していたじゃない」

「そうだったかねえ」

「そうだったかねえ、って」運転席の知念が振り返った。「もしかしてこれって、みんな絹子さんの勘違いだったってこと？　ハッシャ、勘違いでよくもあんなにして泣けるなあ。それも全国ネットで」

「でも、良かったさあ。絹子さん、ナオさんは生きていたんだよ。それで教え子のみんなも絹子さんの米寿のお祝いまでしてくれてたんだってよ」

モニカが弾けたように笑って、絹子の肩を抱く。

「そうよ。あれ？　絹子おばさん、忘れたの？　会場にお花でアーチ作ってくれて、最後にプロの写真屋さんまで呼んで、みんなで記念撮影もしたでしょう？　付き添いっていって、わたしまで招待されてクワッチー（ご馳走《ちそう》）なったさあ」

「あの子たちが祝ってくれた……」

「そうだ、だんだん思い出してきた。この次は、生徒さんたちが七十歳になったとき、古稀《こき》のお祝いに呼んでくれるって言ってたよ。あ、もしかしてそれって今年か来年じゃないかねえ」

「あの子たちが七十歳……」

「月日はいつかスギリョウタロウ。絹子さん、その古稀の祝いまでは脱走できんねえ」と知念がからかう。

しばらく走ってから、「あー！」と、再び知子が叫んだ。

「ハイ、ハイ、今度は何ですか？」と知念が、あきらめた口調で聞く。

「さっきはヘンだなあと思いながらついつい話の流れでもらい泣きしてしまったけど、考えてみればおばさんが沖縄に帰ってきて学校の先生になったのは戦後よ。戦後に出会った教え子が、戦争で死ぬわけないさあ」

「そうだったかねえ」

「もう何を聞いても驚かん」と知念がつぶやいた。

「ハッシャ！　知子さんってば、案外オッチョコチョイだねえ」モニカが笑う。

「はあ、主人もそう言います」

アッハッハとみんなが笑い、知念はゆっくり首をふった。


それから二週間後、ハルが大浜病院に移る日が来た。

朝食の後にハルとカメと絹子の三人は、食堂に並んで腰かけていた。

その日は暖かく、隣のテーブルではスエが車椅子でうたた寝をしていた。

「早いねえ」と絹子がつぶやいた。

「何が？」とハルが聞いた。

「何もかも。この前までは一日一日がどれも同じで、ゆっくりしていると思っていたのに、この頃は何もかもが早い気がするよ。ハルさんが行くのももっと先のことだと思っていたのに……もう今日行っちゃうんだねえ」

ハルもしんみりする。

「ソレ言ったら、わたしなんか九十一年が全部、早かったよ。よく人が、アッと言う間って言うさあねえ。アレはほんとうだねえと思うよ。アッと言う間に九十一歳になってる」

二人の話を聞いていたカメが、ふいに思い出したように言った。

「アンタたちに言ったかねえ。この前、久子に聞いたらウチは八十六歳になるって」

「へー、カメさんもそんなになっていたんだねえ」とハルがカメの顔を見る。

「アンヤタンディ（そうなんだって）」

「わたしは幾つなのかねえ」と絹子はふいにまじめな顔で二人に問いかける。

「わからんねえ」二人は首を振った。

「あーあ」と絹子がため息をついた。「やっぱり九十歳くらいになっているんだろうねえ。気もちは女学生の頃と変わらんのに」

「ウチは今も昔も、女学生の気もちになったことはないよ」カメがヘンと鼻を鳴らす。

「そういえば、カメさんみたいなクラスメートはいなかったねえ」

「ワンルシ（わたしの友だち）にも、アンタみたいな人はいなかったさあ」

絹子とカメは互いに顔を見合わせてから笑った。

ハルはそんな二人を見ている。

「住む世界が違ってたワケさあ。それがこんなして知り合ったんだねえ」

確かに絹子とカメの住む世界はまったく違うものだったが、沖縄戦という時間を境にすると、二人が過ごしたのは期せずして同じ場所だった。

戦前、絹子が通っていた県立一高女は戦後に栄町市場となり、市場になると同時に大里マカトーが、かなり遅れてカメが、そこで働きだしたのである。

現在の栄町市場は、そう広くもない敷地に、天幕でおおわれた市場内では百五十軒前後の店が無秩序にひしめきあい、その市場を囲む周辺の店を加えると、その数は二百軒以上にもなるというオモチャ箱をひっくり返したような町だ。

路地は複雑に入り組んでいて、慣れない者は昨日飲んだ店に行くにも戸惑い、市場中グルグルまわる羽目になる。

昼は地元の常連客が下駄履《げたば》きでのんびり買い物をしている市場も、日が暮れるとあちこちの店から音楽が流れ出し、狭い路地にテーブルを置いただけの店が出没したかと思うと、乾物屋で缶ビールと乾き物を買って店先で立ち飲みしている者までいる。

客の大半がウチナーンチュの老若男女だが、この頃では沖縄らしさを切り売りするような観光に飽きた観光客たちが、わざわざ地図を片手に探し当てて来たりもする。

このアナーキーな活気に満ちた栄町市場から、かつての緑に囲まれた乙女たちの学び舎を想像するのは難しい。

しかし、「確かにここにあった」と証明するかのように、市場の中にそこだけ頭上に天幕がなく空がポカンと抜けた小さな空き地が有り、そこには大きながじゅまるが立っているし、迷路の中心あたりには「ひめゆり同窓会」の事務所もある。

カメがやっていた小間物屋は靴屋になり、マカトー姉さんのかまぼこ屋は食堂に変わったが、変わらないものもたくさんある。女たちがユンタクしながらモヤシのヒゲを取っていた木の長椅子はまだ同じ場所にあって、同じような顔ぶれが今も同じように、モヤシのヒゲ取りをしている。


「見るねえ?」とカメがぶっきらぼうに言って、巾着袋から一枚の写真を出して、食堂のテーブルに置いた。

生まれたばかりらしい赤ん坊の写真だ。

「アイアイ、もしかしてこの前、生まれた久子さんの孫ねえ。じゃあ、あんたからしたら曾孫ってことだね」とハルが皺だらけの指で、写真の上から赤ん坊の顎の辺りをなでて「かわいいねえ」とつぶやく。

絹子もハルの肩越しに写真を覗いた。

まだ湯気の立っているようなシワクチャな顔だから、これがかわいいかどうかはわからないが、日頃老人ばかり見ている目には、やはりこの小さな存在は神々しいまでに清らかだ。

自分とは何のゆかりもないその赤ん坊のほっぺを、絹子も写真の上からそっと指でなでた。

「そういえば」と、ハルがためらいがちに、そっと尋ねた。「あんたが、戦争中一緒に逃げてたお姉さんの赤ちゃんっていうのは、その後どうしたねえ?」

「ああ」とカメは笑った。「それが久子さあ」

「ええ!」と絹子とハルは同時に声をあげた。

戦時中、カメが姉親子と、読谷《よみたん》から中城《なかぐすく》、宜野湾《ぎのわん》と逃げまわり、宜野湾の壕に隠れているときのことだった。

とにかく雨の多い日ばかりが続いていた。暗く狭くジメジメした壕の中に、日本兵と住民が三十人ばかりもいただろうか、壕の外から米兵が投降を呼びかける声を、みんな固唾《かたず》を呑んで聞いていた。

米兵は拡声器を使い、カタコトの日本語で、「デテキナサイ、コロサナイカラ、デテキナサイ」と言っている。

しかし、当時はほとんどの住民が、敵の捕虜になると女は強姦《ごうかん》され、男は目や鼻をもがれて殺されるという話を信じこまされていたから、そんな言葉を鵜呑《うの》みにして「ハイ、そうですか」とすぐに素直に壕の外に出る者などいない。

それでもなかには、どうせ今、手榴弾《しゅりゅうだん》を投げ込まれたり、火炎放射器の一斉掃射を浴びるくらいなら、一《いち》か八《ばち》か投降してみようと思う者もいたはずだが、たとえそう思ったところで、壕の入り口で抜身の軍刀を手に真っ赤な顔で陣取っている日本兵の前を歩いて壕を出る勇気はないから、結局はみんなハラハラしてじっと天命を待っているしかないのである。

そうやってみんなで息を殺し、互いに切羽詰まった目を交わし合いながら、耳をそばだてていると、外の米兵たちが壕の周囲を歩きまわる靴音や話し声までが、驚くほど身近に聞こえてきた。

こちらを死ぬほど怯《おび》えさせているというのに、敵は、仲間の一人が岩か何かにぶつかって転んだらしいのを他の者がからかったり、何か冗談のようなことまで言って、恨めしいくらい気楽な様子である。

再度マイクによる警告が始まったとき、暗闇のなかでギラギラと目を光らせて周囲を見回していた日本兵が、七ヵ月になった赤ん坊の久子を抱いた姉のキクに目を留めた。

「赤ん坊の泣き声で気づかれたらどうする？　泣く前にさっさと始末しろ！」と日本兵は押し殺した声で迫った。

その言葉の意味がすぐにはわからなかったカメだが、すかさず壕の奥から放たれた「ここにいるのはアンタたちだけじゃないよ。わたしたちまで殺す気ねえ」という、低いが、容赦のない女の声に背筋が凍った。

さっきまで群れの中のひとかたまりに過ぎなかったキク親子に、今は全員の視線が集中している。

カメがいたたまれぬ思いで隣に目をやると、それまでじっと身動きもせずにいたキクが、弾かれでもしたようにピクリとひとつ身体を震わせた。

そのあと、キクは抱いている赤ん坊からゆっくり顔を上げたが、極度の緊張で硬くなったその顔は何の表情もないのっぺらぼうで、まるでカメの知らない人のようだ。

何とも言えない重苦しい空気が流れて、カメが「ハッ!」とキクを見ると、キクは赤ん坊の顔を自分の胸にギュッと押し当てている。

カメは驚いて思わず赤ん坊を姉から引ったくった。

(泣きだしたらどうしよう)と慌てたのは、夢中で引ったくってしまった後のことである。

幸い赤ん坊は、びっくりしたというように目を丸くして、じっとカメを見つめているだけだった。

カメはホッとして、全身から力が抜けていくのを感じた。

(みんな狂っている)と、カメは思った。

ここでじっとこのまま身をひそめていれば、アメリカ兵たちがあきらめて帰るとでも思っているのだろうか、そんなことがあるはずがない。結局、みんなでここで死ぬか、降参するかしかないではないか。どちらをするにしろ、その前に赤ん坊ひとりを殺してどうなるというのだ。

もっとも戦争そのものが狂気の沙汰なのだから、戦場の真《ま》っ只中《ただなか》に放り出された人間たちがおかしくなるのは当然のことではある。

しかもその狂気は、国を挙げてだいぶ前から始まっていて、一般国民も時間をかけて徐々にそれに慣らされてきているから、自分たちの感覚がおかしくなっているということにさえ気づかない。

軍人でもない一般住民までが「軍人勅諭《ちょくゆ》」だか「戦陣訓」だかの「生きて虜囚の辱《はずかしめ》を受けず」という言葉を真に受け、軍人と一緒にこんな所に立てこもっていることだって、ほんとうはおかしな話なのだ。

そんななかで、尋常小学校しか出ていない十八歳のカメがごく正常な目で周囲を見ていられたのは、知力というよりむしろ、カメの元来の合理主義的な考えからきたものだった。

カメは沖縄戦の始めから終わりまで、国家のために死ぬ気などサラサラなく、戦争を「とんだ災難だ」と考えた、数少ない庶民だった。

沖縄戦が始まってから、カメはそれまでにも幾度も、散々な目に遭っていた。命からがら駆け込んだ壕から「ここは民間人のいる場所じゃない」と日本兵に追い出され、しかたなく外の岩陰に身を寄せた瞬間、今、自分たちが出てきたばかりのその壕が吹っ飛んだのを見ているし、機銃掃射でカメのすぐ前を逃げていた人が血を噴いて倒れるのを見たのも一度や二度ではない。

「いざ戦場に放り出されたら、何が運命の分かれ道になるか、わかったものじゃない」

これが、弾丸の中を駆けまわったカメの実感だった。

そのカメの考えを決定づけたことのひとつに、竹富百合子《たけとみゆりこ》という少女の死があった。

竹富百合子は、カメの小学校の同級生で、村にある唯一の病院の一人娘だった。

色白で大きな目をした愛らしいその少女は、いたずら好きで気まぐれに小さな意地悪をすることもあったが、当時にはめずらしいお菓子やきれいなリボンを机の上に広げ、惜しげもなく他の子にあげたりもする、田舎の小学校では小さな女王様のような存在だった。

カメが竹富百合子と聞いてすぐに思い出すのは、遠い秋の日の夕暮れである。

小学四年生のカメがヤギの世話をするため、家路を急いで百合子の家の前を歩いていると、生け垣の向こうから百合子の弾くピアノの曲が流れてきた。

音楽といえば、唱歌と民謡と軍歌くらいしか知らないカメの耳にも、その曲は優雅な別世界を思わせ、カメは少しの間立ち止まって、その調べに耳を傾けた。

同じ小学生なのに、百合子は家の仕事を手伝うどころか、学校でさえオンボロのオルガンだというのに、こうして本物のピアノを弾いている。

十歳になるかならないかのカメはそのとき初めて、「世の中には、すべての幸運を持っている者と、持っていない者がいるらしい」と悟ったのである。

「こんな子には悪いことなどぜったいに起きないんだろうな」と我が身と比べてなんだか気が抜けたカメは、すっかり日の暮れた帰りの道を、ヤギの待つ家に向かってトボトボ歩いて帰ったのだった。

その百合子が死んだと聞いたとき、カメは自分の耳を疑った。

教えてくれたのは、中城に避難しているときに再会した幼なじみだ。

その娘の話によると、小学校を卒業して那覇の女学校に進学し、そこから師範に行った百合子がやられたのは、米軍が上陸してまだいくらも経たない沖縄戦のはじめのことだったらしい。

百合子は、学徒動員されている一人娘の身を案じた両親が、特別に学校に頼み込んで帰宅許可をもらったため、迎えに来た従兄弟《いとこ》と一緒に読谷の家に帰る途中で艦砲射撃にあったのだ。

両足を吹き飛ばされて大量の血を流しながら、それでも意識はあったらしく、百合子は「おかあさん、おかあさん」と泣きながら、まる一日は生きていたということだった。

その死は、カメに大きな衝撃を与えた。

「幸運の少女」が酷《むご》い死に方で死に、何の取り柄もない自分がこうして生きている。

戦場で死ぬか生きるかには、何の法則もない。頭の良さも、人間の出来も、逃げ足の速さすらも関係ない。これまでの人生の運や不運も一切アテにならない。要はそのときどこにいたか、というだけのことだ。そのときどこにいたか。それだって、みんな不確かな情報で、北に南にオロオロしながら逃げまわっているだけなのだ。もっと言えば、北と南という単純な話だけでもない。同じ場所に並んで立っていてさえ、右にいた者が生き、左に立っていた者が吹っ飛ばされる。みんな、ただ瞬時瞬時を生きているというだけで、先のことなどわかりはしないのだ。

(今だってそうだ)とカメは思った。みんなに迫られて久子を殺したとしてもどうせ死ぬときは死ぬんだ、と思うと肝が据わった。

同時に、以前仲良くなった日本兵からそっと「アメリカの兵隊は女と子どもは殺さないはずだから、いざとなったら捕虜になりなさい」と言われたことも思い出した。威張《いば》った人の命令を聞くより、そっちに賭けてみようと思った。

そう決心すると、カメは姉の手を引っ張りすっくと立ち上がった。

壕を出る前にさっきの日本兵に斬り殺されるかもしれないと覚悟したが、日本兵も住民もみんなアッケに取られていたのだろう、日本兵がうろたえた声で「おい」と言ったっきりで、誰もカメたちを止める者はいなかった。

むしろカメがあわてたのは、ボンヤリしていたままの姉のキクが、壕の前で一瞬、カメの手を振り払おうとしたことの方だった。そのまま姉が壕に戻ったら、とヒヤリとしたが、カメがさらに強引に手を引くと、今度は素直にカメの手を握って歩き出した。

壕の暗闇に慣れた目に、梅雨の晴れ間の太陽はまぶしかった。初めて近くで目にする米兵は、恐ろしいというより、大きなサルのようで驚きの方が勝った。

もっとも向こうの方でも、痩せてボロボロの身なりで壕から出てきたカメたちを、小さなサルのようだと思ったのだろう、好奇の目でジロジロ見ながらも、水筒の水を手渡してくれた。

カメたちが通訳に従って米軍のトラックに乗り込もうとしていると、自分たちがさっきまでいた壕から、残ったみんながゾロゾロ出てくるのが見えた。キクに赤ん坊を殺せと言った兵隊は、民間人を装うために軍服を脱ぎ、あわてて誰かに借りたのだろう、女物の着物を着て両手を上げ、住民の後ろを歩いていた。

そうして三人は生き延びたが、その後カメとキクと赤ん坊の関係は微妙に変わった。

おそらく、異常な空気に気圧されたとはいえ、赤ん坊の久子に手をかけようとしたことがキクの心に傷になって残ったのだろう。もともとが感じやすい性質のキクは、自分自身と、カメと赤ん坊の間に奇妙な一線を引いているかのように見えた。久子のことをカメに逐一《ちくいち》相談するようになり、ときどきカメと久子のことを「アンタたち」と呼ぶようになり、米軍基地内で働くようになってからは、久子の世話のほとんどをカメに任せるようになっていった。


「お姉さんはそれからどうしたの?」と絹子が聞く。

「ハワイに行った」

「えー」と絹子もハルも驚いた。

「ああ、これはほんとうのアメリカのハワイさあ。ねえさんは旦那が戦死してたからアメリカーと再婚して、ハワイに行ったわけさ。向こうで子ども四人も産んでね。十年くらい前だったかねえ。『世界のウチナーンチュ大会』にハワイからあっちの家族も連れてみんなで来てたけどね、今は太りすぎてもう飛行機にも乗れんって。あんなにヨーガラー(やせっぽち）だったのに、アメリカでコーラ飲んで、肉ばっかり食べてたはず」

「ふう」と絹子とハルは安堵した。

降伏したカメたちは石川の収容所に送られた。

収容所生活に落ち着くまもなく、カメたちは、他の生き残った人たちと同じように、散り散りになった身内を探し始めた。また大勢の人が集まってくる収容所には、人づてにいろいろな情報も持ち込まれてきた。

まず、キクの婚家の義父母が死んだことがわかり、次に妻を早くに亡くして一人で四人の子を育てた姉妹の父親が、防衛隊（徴兵されなかった地元住民をかき集めたニワカ部隊）で戦死していたことがわかった。五十歳を過ぎた父親が、武器らしい武器も持たされずに南風原の戦場を走り回っているのを見たと、同じ村の人に聞かされたとき、姉妹は肩を抱き合って泣いた。

キクの夫の戦死報告が届いたのは、それからだいぶ後になってからである。

キクの婚家でも姉妹の実家でも、兄弟の何人かは生き残ったが、どこも食糧難で自分たちが食べるのさえタイヘンで、カメたちを迎え入れる余裕などない。

そのうえ、二人が生まれ育った読谷の村は、住民たちが収容所にいる間に米軍に接収されていたから、帰るべき場所もない。

これでいよいよ三人で生きていくしかなくなり、ならば少しでも馴染《なじ》みのある場所でと、収容所を出ても、三人は石川に残った。

キクは米軍基地内の売店で、カメはバラックの食堂で働き、二人で久子を育てたが、そのうちキクに五歳年下の米兵の恋人ができた。

「ジョージ」という名の陽気なその青年は、チビで鼻も低く目もギョロギョロしてどう見ても美人とは言えないキクを、「マイ・スイートハート！」「ゴージャス！」とお姫様のように讃《たた》え、はじめは戸惑っていたキクも、好意を隠さない開けっぴろげなジョージに癒やされるところがあったのだろう、今までカメにも見せたことのないようなノビノビとした表情を見せるようになった。

二人でジョージの次の任務先のハワイで所帯を持つとなったとき、ジョージはめずらしく真剣な顔で、久子も一緒に連れて行くと言ったが、「ボクが育てる」と言うジョージ本人がまだ二十一歳で子どものようなものである。恋の情熱でカタコト英語の年上のアジア女性の夫にはなれたとしても、五歳の娘の父親になるのはあまりにも不自然だ。

それに久子の方でも、母親といるよりカメといる時間が長かったから、「おばちゃんと一緒にいる」とかわいいことを言って、カメの背中に隠れたりする。

結局、ひとまずジョージとキクだけでハワイに行き、生活が落ち着いたら久子を迎えに来るということに話が決まった。

二年後、約束通り二人は、チョコレートやらお人形やらのお土産を大きなトランクいっぱいに詰めて久子を迎えにきたが、その頃には、久子も小学校に入り仲の良い友だちもできていたから、お土産には歓声をあげて喜んでいても、やはりハワイに行くのは嫌がった。

キクは二年間で五キロほども体重が増え、ハデな帽子にサングラスというイデタチで半分アメリカ人のようになっていて、久子はそんな母親に抱かれながらも、困ったような顔で、背中越しにカメを見た。

「わたしには、アメーリカンスタイルの方が合ってるみたい」と空港近くの食堂で、沖縄そばをコーラですすりながらキクはハデな声で笑ったが、空港では涙をボロボロ流しながら久子を抱きしめてしばらく離さず、ジョージに慰められながら、泣く泣くハワイに帰っていった。


その夜、カメは久子の寝顔を見ながら、胸の内に広がる熱いものを感じていた。

久子が、実の母親とハワイで豊かな生活を送るより、貧しい自分との暮らしを選んでくれたことが、やはり嬉しかった。

今までは、かわいいとは思っても姉から預かっている子という遠慮があったが、これからは誰はばかることのない本物の家族になるのだと思うと、同じ幼い寝顔を見ているのでも、しみじみと穏やかな気分になれる。

しかし一方で、果たして自分が久子を育てることなどできるのだろうかという不安もある。

沖縄戦での犠牲者が多い沖縄では、どの家でもたいがい身内を何人か亡くし、変則的な家族構成で暮らす家もめずらしくなかったから、独身の自分が久子を引き取ることはそう気にならなかったが、要は経済である。

男手のある家でもラクではないところ、女所帯はさらに苦しい。

バラックとはいえ食堂で働いているから何とか食べることだけはできているものの、身の回りの物を揃える現金にはいつも困っていた。

小学校の入学式でも、久子の服装が他の子より明らかに粗末だったこと、だけどそんなことにまるで無頓着に久子が嬉しそうに飛び跳ねていたことを思い出すと、今さらながらに胸が痛む。

しかし、いつまでもそんなことをクヨクヨ悩むカメではなかった。やはりナンダカンダと言っても、久子との暮らしが続くことが嬉しかった。

（久子のためにも、こんな貧乏暮らしを続けるわけにはいかない。何か、算段をしなければ）とカメは真剣に考えた。

カメは二十八歳で十歳になった久子を連れて、具志川《ぐしかわ》の十歳年上の男と結婚した。六十年近く前の二十八歳というのは若いとは言えないし、カメは器量が良いわけでもなければそのぶん愛嬌があるわけでもない。ましてや小学校に行くような子どもを連れての縁談だから、高望みなどできるはずもない。

だから、カメの方でも相手の仕事も年齢も問わず、ただ久子を一緒に受け入れてくれることと働き者であることだけを条件にした。

確かにその条件どおり男は盆暮れもなく一生懸命に働き、久子を自分の子として籍にも入れてくれ、また意外なことに役者のような優男でもあったが、これがまた毎晩米びつの米を計るようなケチで陰気なタチだった。

自分の食べる米も惜しむくらいだから、久子の下着や本を買うのにも、いちいち舌打ちせんばかりに口惜しそうな顔をする。

カメも久子を養ってもらう後ろめたさから、はじめは畑を懸命に手伝い、無理な家計もやりくりしていたが、そのうちだんだん、自分が亭主の貯金を増やすために、一日中アクセク働いているようでバカバカしくなった。

育ち盛りの久子がお代わりの手を引っ込めるのも、見ていて不憫《ふびん》だ。

これならまだ、どんなに苦労をしても自分で稼いだほうがいいと、カメは久子が小学校を卒業するのを待って、久子の手を引いてサッサと家を出た。


家を出たとき、カメはほぼ、これから先の計画を立てていた。

なんといっても景気のいいのは那覇だ。カメは親戚から金を借り歩き、かねてから目をつけていた牧志《まきし》の公設市場に呉服の小間を買った。

小間というのは商売をする小さな仕切りの権利のことで、呉服なら呉服、雑貨なら雑貨と似たような商品ばかりを扱った小さな小間がズラリと並ぶから、そのままだと客の取り合いになりかねない。

当時の那覇の市場はたくましい女たちの戦場のような場所でもあったから、一人親方で店を張る女たちが互いに円滑に商売ができるよう、商売のしかたにもいくつか暗黙のルールがあった。

実際、そうしたルールを守って仲間内の信用ができたら、情報もまわり、ツテも生まれ、店番も代わってもらえるなど自分の商売もラクになるのだが、若い頃の血気盛んなカメにはそもそも互助とか協調とかいう観念がない。

早く借金を返して母子世帯の経済を発展させたいという一念に燃えているだけだから、小間の前を通る客ぜんぶを独り占めしたいくらいの考えである。

まずはじめにカメは、仲間の客だろうがナンだろうが誰彼かまわずに、通る客みんなの袖を引いていたが、「客を取られるのは、亭主を寝取られるより悔しい」といわれるほど、実はこれこそが市場の一番のタブーである。

思いがけない全員揃っての猛攻撃にさすがのカメも面食らい、これについてはハイハイと適当に謝って、そのまま引き下がるしかなかった。

次にカメが考えたのは、みんなのやらない隙間商売である。

新参者で後見人もなく、那覇には知り合いすらいないカメが客をつかむのは圧倒的に不利である。みんなと同じことをしていてはダメなのだ。

そこでカメは新たに、客の持っている古い着物の繕いをしたり、捨て値で買った古着を簡単なワンピースに仕立て直して売ったりという内職仕事を加えた。

どれも手がかかるわりにはチマチマとした儲《もう》けではあったが、そのチマチマをカメは不断の努力で重ねていったのである。

仕立て直しの内職自体は他の人もやっていたので、数人の仲間は見て見ぬふりをしていたが、気がつくといつのまにか、それは自分たちの商売をおびやかしかねないものになっていた。カメの仕事の手間賃は明らかに安く、そのうえ余ったハギレでこさえたオマケがつく。それがなかなか気が利いていると客が増えて手一杯になっても、カメは決して仕事を他の仲間に分けようとしない。そのうち、寝不足で目を真っ赤にしながらも納期を守るカメに感心して、どんどん客がカメに流れるようになったのだ。

当然ながら、またみんなで申し合わせてカメに猛省を促したが、今度はカメも引き下がらない。

「努力しないアンタたちが悪い！」と開き直るばかりである。

それでもそこを追い出されなかったのは、カメが場を読んでうまく立ち回ることを覚えたこともあるが、みんながカメを相手に怒ることに疲れてしまったこと、そのうちだんだんカメがその場所にいることに慣れてしまったことも大きいと思われる。

仲間たちが呆《あき》れるのを通り越して感心したことに、普通の神経ならとても居られないだろう針の筵《むしろ》に、カメは堂々と八年も居座り続け、その間に借金を返して、久子を短大まで通わせ、そのうえ、手際よく小間を転売した金で貯金までこさえていた。

意外なことにカメは、自分の経済目標を達成し市場を去る日に、久子の卒業式の晴れ着一式を、それぞれの小間から一つずつ買い揃えた。

卒業式に晴れ着を着るということさえ贅沢だった時代に、カメはどれも上等の品ばかりを選び、一セントも値切らずきれいに支払った。

これには、別れにあたって嫌味のひとつやふたつ準備していたみんなも、商売人の礼儀で「ありがとうございます」と言って、去っていくカメを見送るしかない。

日頃は全員参加の親睦会《しんぼくかい》ですら会費を惜しんで出なかったカメがいったいどうしたことだろうと、カメがやめた後もしばらくみんなは噂《うわさ》した。

カメのそうした一世一代の大盤振る舞いを「カメなりのお礼の気もち」と取る人は少なく、ほとんどの人が、「カメの最後の当てつけ」だろうと考えた。

それから幾多の変遷を経て、カメはあちこちを怒らせたり騒がせたりしながら、栄町に移ったところで大里マカトと出会ったのである。

「でも結局、こんなかわいい曾孫まで見られて幸せさあ」と写真を再び手に取りながらハルがそう言ったとき、まさに話題の久子が食堂に入ってきた。

カメの話を聞いたあとなので、絹子とハルはややまぶしい目で久子を見る。

「久子さん、今、赤ちゃんの写真見せてもらってたさ。おめでとう」とハルが言うと、久子は「ありがとうございます」と頭を下げた。

久子がカメの隣に腰を下ろすと、カメが小声で何かつぶやき、「うん、うん」とうなずいていた久子が、手にしていた紙袋をハルに差し出した。

「ハルさん、かあちゃんがお世話になったので何かと思ったんだけど、適当な物が思いつかなくって。タオルだったら向こうでも使うかなと思ったんだけど」

「ありがとう。タオルが一番ジョートーさ。気い使わしたねえ」

「そしてこれは絹子さん」と絹子にも小さな紙袋を渡したが、絹子はこの子が壕の中で殺せと言われて命拾いした子かと思うと、「ありがとう」と言いながらつい感極まって涙ぐみ、久子を戸惑わせた。

「え？」という笑顔を浮かべたまま、久子は母親の顔を振り返り、カメは黙ってうなずいた。

それからいろいろな人が、あわただしく食堂に顔を出した。

モニカは元気よく入ってきたかと思うと、金城に薬をもらうためにまた元気よく階下に降り、休日のはずの赤嶺もやってきた。

意外なことに、私服の赤嶺は制服姿よりはるかに若々しかった。

カメが、「あんた、こんなにして見たら、かわいいねえ」と褒めたかどうかわからない言い方をすると、久貝が、「ほっそりして見えるよね」と横から口を挟んで赤嶺にどつかれそうになった。

千代は自分のお菓子の缶から大盤振る舞いして、大きなチョコレートを三つもハルに分けてくれた。

千代だけでなく他の老人たちも何人かハルの車椅子のまわりを取り囲んでいたし、他の階にいるスタッフも入れ代わり立ち代わり暇を見ては声をかけに寄ってくれた。

車の支度ができたと階下の知念から連絡が入り、モニカとハルはみんなの前に並んで立って、別れのあいさつをした。

モニカが涙をためた目で、「みなさん、ほんとうにありがとうございました」と頭を下げた。

ハルがニッコリと笑って、「みなさんに神のご加護を」と言った。

ハルの口からそんな言葉を聞くのは、みんな初めてだった。

(きょうのハルは別人のようだ)と朝からずっと絹子はそう思っていた。

ハルは白い髪をきれいに梳《と》かしつけ、今まで見たことのない芭蕉《ばしょう》布《ふ》を仕立て直した上品なワンピースを着ていたが、それだけではない。いつものようにやわらかく微笑んでいてもどこか凛《りん》としているし、肌も透き通るように美しい。

「みなさんに神のご加護を」

ハルのその短い祈りの言葉を、絹子もめずらしく敬虔《けいけん》な気もちで受け止めた。それだけ、今日のハルには、神聖なオーラのようなものが漂っていた。

（もしかしたら、もうハルは戻らないのではないか）と絹子はふっと思った。

「何なの、トシさん」と、下から袖を引っ張られた赤嶺が、かがんで車椅子のトシの口に耳を当て、しばらく耳をすましてから、ハルに向かって首をかしげた。「オムツトウ　バンジャイって……」

一瞬の間があり、「アイヤー」と、カメとハルが顔を見合わせた。絹子も驚いた。もう一度みんなで耳をすますと、「オムツ党、ばんじゃい」と、今度ははっきり、トシは言った。

相変わらず無表情だが、目にも声にも、トシの強い意思があるのは誰にでもわかった。

「ありがとう。トシさん、覚えていてくれたんだね」と、ハルが手を握ると、トシはもう一度しっかりと、「オムツ党、ばんじゃい」と言った。

わけがわかっていないはずの千代も、「オムツ党、ばんじゃい」「ばんじゃい」と両手をあげた。

いつのまにか亀吉まで来ていて、一番大きな声で「ばんざーい！」と怒鳴っている。

エレベーターの扉が開き、赤嶺が、「ダーダーダー、知念君が車でマチカンティー（待ちくたびれて）してるよお」といってハルたち家族をのせ、最後に自分ものった。扉が完全に閉まるまで、ハルは笑って小さく手を振っていた。


数日後、カメと絹子は食堂でモヤシのヒゲ取りをしていた。

「ハルさん、帰ってくるかねえ」と絹子が聞くと、「たぶん、帰らんのじゃないかねえ」とカメがつぶやいた。

「なんか、わたしもそんな気がしていた」と、絹子もため息をつく。

入院する数日前から、ハルは食事のほとんどを残すようになり、ときどき目を閉じて、じっと静かに痛みに耐えるような顔をしていた。

「ほんとうに病気ってこわいね。でもあんなに穏やかで悩みもなさそうな人が、なんで胃なんか悪くしたんだろう」

「あんた、知らんかった？」と、カメが言った。「あの人、若いときにはずっと無理していたみたいよ。十貫瀬《じっかんじ》でバーやってたときに、売上伸ばすために大男に混じって毎晩ドンブリ酒飲んでたってよ。そのとき、身体壊したんじゃないかね」

「ええ？」絹子は驚きのあまり、言葉も出なかった。

「戦後すぐには、アメリカーの物資かっぱらって密貿易してたみたいだし」

「密貿易？」

「ヤミ商売さあ、ヤミ商売。アメリカーから盗んできた物とか、あっちこっちにある戦車とかのスクラップなんかを船に乗せて台湾とかまで運ぶのさあ。それがみつかって何回かは牢屋《ろうや》にも入ってたらしいよ」

「あのハルさんがねえ？」絹子の手はすっかり止まっていた。

それを見たカメはダーと言って、絹子のモヤシを幾らか、自分の方に分けた。


密貿易はおろかヤミ商売も十貫瀬も、絹子にはまったく無縁の世界だった。

戦後十年たってから沖縄に帰ってきた絹子が実際に目にしたヤミ商売というのは、基地内のＰＸ（軍人・軍属用の免税スーパー）で仕入れた商品をウチナーンチュ相手に売っているだけの、犯罪かどうかもわからないようなヤミ商売だけである。

それに比べて終戦直後のヤミ商売というのは、大袈裟《おおげさ》に言うと、日本の敗戦後に、今度はウチナーンチュからアメリカに仕掛けたゲリラ戦だったのかもしれない。

そもそも、艦砲射撃で山も崩れ、火炎放射器で家屋や草木だけでなく人も焼かれ、辺り一面焼け野が原になって、海岸や山には回収されていない死体がまだゴロゴロしていたという時代の話である。

地面は荒れてすぐには畑もできなければ、家畜も残っていないという何の生産手段もない当時の沖縄で、唯一、食料や物資のあるのは、米軍基地の倉庫だけである。

そこで軍作業員として基地内で働く沖縄の男たちの手を介して、食料を始めとしてあらゆる物資が基地外に流れたのである。

米軍は、素朴で人なつっこいとされている沖縄の人間が、夜になると盗賊に早変わりすることに驚いたらしいが、盗む側にとってはこれが唯一の生きるための手段だから、罪の意識などない。盗んだ品を「戦果」と呼んで、「戦果」が多ければ多い人ほど、英雄視されたフシさえある。自分の子どもに見張りをやらせて基地内の倉庫に忍び込むこともめずらしくはなかったらしい。

当然、これは違法行為だからアメリカ側は神経をピリピリさせて取り締まるわけだが、沖縄の人間同士は互いに苦しい状況を承知しているから、基地から出た「戦果」に関しては見逃してくれる警官もけっこういたという。

そのヤミ商売のもっとスケールが大きいのが「密貿易」である。これはいにしえの海洋国琉球のルートを辿って、ほぼアジア中を船で渡った。

ちなみにその「密貿易時代」に屈強な男たちを従えて海を渡り、女親分として君臨していたのが、金城夏子《きんじょうなつこ》という小柄なまだ若い女性だった。

終戦直後の沖縄はアメリカによって民間貿易が止められ、県内でも、沖縄・宮古《みやこ》・八重山《やえやま》・奄美《あまみ》と行政区が四つの群島に分けられ、その間の行き来ですら許可制だったから、実際に夏子のような人がいなければ物の動きが止まって困っただろう。夏子の存在は当時の人たちにとって、犯罪者というよりむしろ英雄に近いものだったのではないだろうか。

他の時代に生まれていたら、「目端《めはし》が利く」くらいで市井《しせい》に埋もれていた人が、特定の時代に波長が合って、全エネルギーを発揮し、大きく開花するということが、歴史というドラマにはしばしばあることなのかもしれない。

本土に遅れてやっと沖縄でも民間貿易が開始された一九五〇年（昭和二十五年）以降、沖縄戦のあだ花のような「密貿易時代」は、徐々にその幕を下ろし、それに合わせるように夏子は三十八歳の若さで亡くなっている。


（あのハルさんが密貿易）絹子は唖然とした。

「でもね、そんな人だからやさしくなれたんだはず。自分がそこまで苦労したから、人の苦労もわかるわけさあ」

カメの手は相変わらず素早く、モヤシを取っては瞬時にヒゲを摘む。

「あの人は、神さまがいてもいなくてもあんな人だったと思うよ。神さまはあんまり関係ないはず」

もう絹子は、カメの話など聞いていなかった。最後に見た、ハルの穏やかな神々しいとまで思えた顔が浮かんだが、その顔が一瞬、不敵にニヤリと笑ったような気がした。

（やっぱり、あの人はタダモノじゃなかった）そう思うとなぜか愉快になり、いつのまにか絹子は声をあげて笑っていた。

「なんねえ」とカメは怪訝な顔で絹子を見て、「それより、これよお」と、数日前に東京の新聞社からカメ宛に送られてきた記事の切抜きを、絹子に投げてよこした。

それはもちろん、先日の抗議集会でのカメのインタビュー記事で、紙面は小さいが顔写真付きでカメのコメントが載っていた。そこには、「ハワイに行った親友のために」という見出しがついている。

「中は何て書かれているの？」と絹子が聞くと、「シーラ（知らない）」と、カメは興味なさそうに言った。

「これ見てからウチ、マカトー姉さんが頭に花つけてフラダンス踊っている姿が浮かんでさ、それ以来それが頭から離れんくなっているよ。自分ではハワイ、ハワイって平気で言ってるけど、新聞に印刷されたの見たらほんとうのハワイにしか思えんワケさ。まあ、ほんとうのハワイも行ったことないからワカランけどね。あーあ、マカトー姉さんのためにがんばろうと思ったのに、ことばも通じなかったさあ。やっぱりヤマトグチ覚えんとダメかねえ」

絹子も、会ったこともない大里マカトが、青い海を背にして頭に花を飾り、砂浜でフラダンスを踊っている姿を想像した。戦争で子どもを四人もなくし、自分も大火傷を負ったマカトー姉さんが、今はハワイの海でのんびりフラダンスを踊っている。

また目を閉じたら、大海原を扇形に船団を組み、威風堂々と進む艦隊が見えた。先頭を走る船の舳先に、芭蕉布を風にたなびかせて立っているのはハルだ。小さなハルが大勢の男たちを従え、一番前に腕を組んで頼もしげに立ち、ゆったりと笑っている。

そうかと思えば今度はカメが、焼夷弾《しょういだん》に照らされた真夜中の畑を、掘った芋《いも》を素早く懐に入れながら縦横無尽に走りまわっている。背中に負っているのは赤ん坊の久子だ。よく見れば、カメは走っているのではなく、踊っているようでもある。イヤ、確かに、「運も不運も関係ないよ」と笑いながら踊っている。

そんなことは、どれもアリアリと見てきたことのように浮かぶのに、実際に自分にあっただろうことはどれもちゃんとは浮かばない。

絹子は、カメとハルがうらやましかった。二人はちゃんと人に聞かせるだけの自分の過去を持っている。

なのに絹子自身は、カメたちに語りたくても記憶がない。一年前に教え子たちがせっかく絹子のために開いてくれた米寿の祝いのことも忘れていたし、ナオちゃんも死んだものと思っていた。

米寿の祝いは今でも身に覚えはないが、知子があとで見せてくれた記念写真の中で、教え子たちに囲まれた自分は、我ながらやさしい顔をして幸せそうに笑っている。覚えていればよかったのにと、絹子は残念でたまらない。

そんなふうに、記憶が混乱していくことが、自分の身の上でこれからもっと増えていきそうな予感がする。そうか、これがずっと自分が怯え続けてきた「ボケ」の始まりというものなのか、と絹子はさほど動揺することもなく納得しかけていた。

まだ誰にも言っていないし、自分でも認めたくないことだが、この頃ではあんなに帰りたかった自分の家を、絹子はもう思い出せなくなっていた。四十年近くも住んでいた家なのに、それがどこにあるのか、町の名前も思い出せなければ、部屋の間取りも浮かんでこない。たまにふっと、なつかしい感じのする茶の間が頭に浮かぶことはあるけれど、それは何年か前まで住んでいた家ではなく、もっとずっと昔、子どもの頃に住んでいた家ではないかという気がする。

アカバナーがやさしく風に揺れている小さな道を、友だちと声をあげて笑いながら、前になり後ろになりして駆けていたのも、ほんとうのことかどうかわからない。

ああ、わたしの家は、どこなんだろう。わたしはどこで何をしていたのだろう。

わたしもハルやカメのように、泣いたり笑ったり悔しがったりできるたくさんの思い出があればいいのに。

(でも、それがなんだ) と、負けず嫌いの絹子はすぐに気を取り直した。ないもののことを考えてクヨクヨしてもしかたがない。こうなったら、とにかく走り続けるしかないではないか。

しばらく収まっていた耳鳴りが、この頃また聞こえてくる。耳鳴りはいつものように歓声になり、地響きのようにもなって、絹子を (こうしちゃいられない) という気にさせる。

(わたしはあきらめない。みんなとの約束だから、ナオちゃんたちの古稀の祝いはちゃんと祝ってやる。たとえ忘れていた約束でも、約束は約束なのだから。

でも、みんなの元気な顔を見たら、あとは自由だ。どこに走るか? もうこうなったらそんなことはどうでもいい。とにかく走るのだ。外だ。外のどこかだ。ハルがくれた「神のご加護」を味方につけて、走れるだけ、走ってやるんだ。為せば成る。為さねば成らぬ。そう

だ！　今はハッキリしていないことも、走っているうちにわかってくるかもしれない。どうしてこんなに走り続けるのかも)

(了)

この作品は、沖縄タイムス社主催の「第37回新沖縄文学賞」を受賞した「オムツ党、走る」に加筆し、アプリマガジン「小説マガジンエイジ」(編集・株式会社講談社、配信・株式会社エブリスタ)で、二〇一四年七月から十月まで配信したものに、さらに加筆改稿したものです。

［著者］
伊波雅子（いはまさこ）

1953年、沖縄県生まれ。

大学進学を機に上京。劇団「黒テント」を経て、同劇団のスタッフで創立した「ストーリー・レーン」に入社、劇作家や演出家のマネージメントを担当する。その間、高円寺の飲み仲間らと同人誌「臍」を発刊。

2002年、身内の介護のため帰郷。2011年、10年間の介護体験をもとに「オムツ党、走る」を執筆、その年の沖縄タイムス社主催「第37回新沖縄文学賞」受賞。翌年に沖縄の軍用地地主一家を描いた「与那覇家の食卓」が「第43回九州芸術祭文学賞」の地区優秀作品に選ばれる。2014、2015年に自身で脚本化した「オムツ党走る！」が、黒テント同窓の鄭義信氏の演出によって沖縄で上演され、好評を博す。

現在も那覇市に住み、次作を執筆中。カバー絵のイラストレーターの伊波二郎氏は実弟。


「安里屋ユンタ」

「沖縄を返せ」

「加藤隼戦斗隊歌」

JASRAC　出　1508840-501

参考文献
「ナツコ　沖縄密貿易の女王」奥野修司（文藝春秋）
「ひめゆり―女師・一高女沿革誌―」
（沖縄県女師・一高女同窓会）
「糸満アンマー」加藤久子（ひるぎ社）

オムツ党《とう》、走《はし》る！

二〇一五年一〇月二二日　第一刷発行

著者―伊《い》波《は》雅《まさ》子《こ》

装幀―門田耕侍

発行者―鈴木　哲　　発行所―株式会社　講談社

東京都文京区音羽二丁目一二番地二一号　郵便番号一一二―八〇〇一

電話　編集　〇三―五三九五―四五一九

販売　〇三―五三九五―三六〇六

業務　〇三―五三九五―三六一五

印刷所―豊国印刷株式会社

製本所―株式会社国宝社

ISBN978-4-06-219771-7